물고기의 즐거움

엮은이 | 김종성

1953년 강원도 평창 출생. 고려대학교 문과대학 국문과 졸업.
경희대학교 대학원 국문과 석사과정 졸업. 고려대학교 대학원
국문과 박사과정 재학. 현 고려대학교 문예창작과 강사.
1986년『동서문학』제1회 신인작품상 중편소설 당선, 문단 데뷔.
소설집『탄炭』(미래사 간),『금지된 문』(풀빛 간),『말 없는 놀이꾼들』(풀빛 간),
역사서『인물한국사이야기 1, 2, 3, 4, 5』(문예마당 간)

물고기의 즐거움

초판 인쇄 | 2001년 4월 10일
초판 발행 | 2001년 4월 15일

엮은이 | 김종성   **펴낸이** | 유명자
펴낸곳 | 도서출판 장락   **본문 · 표지디자인** | 임은경
영업 | 홍정현   **인쇄** | 신화인쇄   **제본** | 성하제책

출판등록 | 1991년 7월 25일(제21-251호)
주소 | 110-290 서울시 종로구 인사동 153-3 금좌빌딩 205호
전화 | 02-735-0307, 8   **팩시밀리** | 02-735-0309

정가 7,000원
ISBN 89-85262-83-1

동양고전에서 배우는 삶의 지혜

물고기의 즐거움

김종성 엮음

 도서 출판 장락

머리글 | 물고기의 즐거움

이 책에 수록된 글들은 『예기』, 『춘추좌씨전』, 『안자춘추』, 『여씨춘추』, 『세설신어』, 『묵자』, 『한비자』, 『노자』, 『장자』, 『논어』, 『맹자』, 『열자』, 『순자』, 『전국책』, 『사기』, 『회남자』 등에서 철학우화적이고 교훈적인 것들을 가려 뽑은 중국의 옛 이야기들이다. 그렇다고 이 글들이 원전 그대로를 번역한 것은 아니다. 독자들이 재미있게 읽을 수 있도록 가급적이면 원전의 내용을 살려 재창작하거나 쉽게 풀어 쓴 것이다.

편자는 1998년부터 『인물한국사 이야기』를 본격적으로 집필하기 시작하여 현재 5권을 출간했다. 인물한국사를 집필하면서 많은 자료와 연구서를 읽었다. 그러는 동안 우리 나라 문화는 중국의 문화와는 뗄래야 떼어낼 수 없는 관계라는 것을 새삼 확인했다. 우리 나라 고전들을 이해하기 위해 중국 고전들을 뒤적거려야만 했다. 다행히 많은 주석서와 연구서들이 나와 있어 도움을 받았다.

중국의 옛 이야기들은 오늘을 살고 있는 우리들의 마음 밭을 어떻게 하면 참되게 갈 수 있는가를 가르쳐 주는 마음의 등불과 같은 것들이다.

이 책에 실린 이야기를 읽어가는 동안 삶의 지혜를 배울 수 있을 것이다.

2001년 3월 적동마을에서

김 종 성

차례 | 물고기의 즐거움

제3부 | 수레바퀴장이 노인

제4부 | 달팽이 뿔 위에서 싸우다

제1부 | 붕새와 참새

말이란 쓸모 있게 해야 한다

"선생님, 말을 많이 하는 것이 좋은 점이 있습니까?"
자금이 묵자에게 물었다. 묵자는 자금의 스승이었다.
"말을 많이 한다고 해서 좋은 건 아니야.
예를 들면 연못의 청개구리는 입이 닳도록 밤낮없이 울어대지만
그 소리를 주의깊게 듣는 사람이 없어.
그렇지만 닭장의 수탉이 새벽녘에 두서너 홰만 울어대면
모두들 그 소리를 듣고 날이 밝는 줄 알고 주의를 돌려.
그러니 말이란 쓸모 있게 해야 해."
묵자가 대답했다.

『묵자墨子』

명주실에 물들이기

어느 날 묵자墨子가 염색포에 갔다가
염색공들이 흰 명주실을 물들이는 것을 구경하게 되었다.
"명주실은 원래 흰 색인데 푸른 색에 물들이면 푸르게 되고,
노란 색에 물들이면 노랗게 되고,
집어 넣는 물감이 바뀌면 그 빛깔도 역시 바뀌고,
다섯 가지 물감을 넣었더니 다섯 가지 색깔이 나오는구나."
묵자는 탄식했다.
그러므로 물들이는 것을 신중히 하지 않을 수 없다.

『여씨춘추呂氏春秋』

어찌 하여 입 속에 개구멍이 뚫려 있느냐

장오흥張吳興이 여덟 살 때 일이었다.

며칠 째 이가 흔들거리며 아팠다.

장오흥이 손가락을 입안에 집어 넣어 이를 흔들었다.

이가 빠졌다.

그때 선배들이 거리를 지나다가 그것을 보았다.

그들은 장오흥이 비범한 아이라는 것을 잘 알고 있었다.

"어찌하여 입 속에 개구멍이 뚫려 있느냐?"

선배들이 장오흥을 놀렸다.

"바로 선배님들을 이곳으로 드나들게 하려고요!"

장오흥이 재빨리 대답했다.

"……."

선배들은 아무런 대꾸도 하지 못하고 얼굴을 붉혔다.

『세설신어世說新語』

나비 꿈

언제였던가.
장주莊周는 낮잠을 자다가 꿈 속에서 나비가 되었다.
대기 속을 팔랑팔랑 날았다.
즐거웠다.
장주는 자신이 나비라는 것조차 잊었다.
스스로 생각해도 즐거웠다.
문득 장주는 잠이 깼다.
그는 역시 이승에 살아 있는 장주였다.
알지 못하겠다.
장주가 꿈을 꾸어 나비가 된 것인지
나비가 꿈을 꾸어 장주가 된 것인지.

『장자莊子』

요동 땅의 흰 돼지

요동遼東땅의 돼지는 털빛이 다 검었다.
그런데 어떤 사람이 치는 암돼지가 새끼를 한 마리 낳았다.
그 새끼는 머리가 희었다.
그는 머리가 흰 돼지를 본 적이 없었다.
"이것이야말로 천히에 없는 귀한 물건이군.
천자天子에게 바치면 큰 벼슬을 할 수 있을 거야."
그는 벌어진 입을 다물지 못했다.
새끼돼지를 꼭 끌어안고 서울로 향했다.
하동河東에 이르렀을 때였다.
동구洞口 앞에 나와 있던 마을 사람들이
그를 이상한 눈초리로 쳐다보았다.
그는 고개를 갸웃거리며 마을 한가운데로 들어섰다.
이것이 어찌 된 일인가.

마을의 돼지는 모두 그가 끌어안고 있는 돼지와
꼭 같은, 흰 돼지들뿐이었다.
그는 몹시 부끄러워 돼지를 끌어안고 고향으로 돌아갔다.

『후한서後漢書』

거미는 왜 그물을 좁게 치는가

탕왕湯王이 길을 걸어가고 있었다.
마침 그때 어떤 사내가 네 방향으로 그물을 치고 있었다.
"하늘로부터 떨어지는 것이나,
땅으로부터 나오는 것이나,
모두 내 그물에 길러들어라."
사내가 신에게 빌었다.
"저런, 세상에 있는 모든 걸 다 잡으려 하는구나!
걸桀 같은 폭군이 아니고서야 그 누가 이런 짓을 하겠는가."
탕왕이 말했다.
탕왕은 세 방향의 그물을 걷어내고
한 방향으로만 그물을 쳤다.
"그물을 나뭇가지 사이에 좁게 치는 거미처럼
언제나 여유를 두는 방법을 오늘날의 사람들은 배워야 합니다.

왼쪽으로 가고자 하는 것들은 왼쪽으로 가게 하고,
오른쪽으로 가고자 하는 것들은 오른쪽으로 가게 하고
높은 곳으로 가고자 하는 것들은 높은 곳으로 가게 하고
아래쪽으로 내려 가고자 하는 것들은 아래쪽으로
내려 가게 하고자 합니다.
나는 이러한 명령을 거역하고서
그물을 건드리는 것만을 잡겠습니다."
탕왕이 사내에게 말했다.
이 이야기가 한수漢水의 남쪽에 있는 나라들로 퍼졌다.
"탕왕의 덕은 동물에게도 미치는구나."
남쪽에 있는 나라 사람들이 말했다.
마침내 마흔 개의 나라들이 탕왕에게로 돌아왔다.

『여씨춘추』

어리석은 사람이 신발을 사다

정鄭나라의 어떤 사람이 새 신 한 켤레를 사려고 하였다.
그는 신을 사러 가기 전에 먼저 자로 발을 잰 뒤
볏짚 한 오라기를 뽑아서 치수대로 꺾어 표적을 삼았다.
그러나 깜박 잊고 그 볏짚을 집에 두고 왔다.
그는 시장에 이르러 신발 가게로 들어갔다.
그런데 호주머니를 뒤져보니 그 볏짚이 없었다.
"내가 깜박 잊고 치수 재어 놓은 걸 가져 오지 않아 발이 얼마나
큰지 모르겠소. 빨리 집에 되돌아가서 그걸 가져 오겠소."
그가 빠른 목소리로 점원에게 말했다.
그는 집으로 허둥지둥 뛰어갔다.
치수를 잰 볏짚을 가지고 시장에 다달았을 땐
이미 땅거미가 내리고 있었다.
신발 가게문은 꽁꽁 닫혀 있었다.

"아뿔싸, 벌써 가게 문을 닫았구나."
그가 이마에 흐른 땀을 손등으로 훔치며
털썩 시장 바닥에 주저앉았다.
"뭘 잃어버렸소?"
지나가던 행인이 물었다.
그는 그에게 자초지종을 이야기해 주었다.
"자기 신발을 살 때는 직접 신어보면 될 텐데
무슨 치수가 필요하단 말입니까?"
행인이 충고했다.
"나는 치수는 믿을 수 있어도 내 발은 믿을 수 없소."
신발을 사려던 사람이 퉁명스럽게 대꾸했다.

『한비자韓非子』

그루터기 밑에서 토끼를 기다리다

송나라에 가래로 밭을 가는 농부가 있었다.
밭 가운데 나무 그루터기가 있었다.
토끼가 달려가다가 나무 그루터기를 들이받아
목이 부러져 죽었다.
농부는 토끼를 주워가시고 집으로 돌아갔다.
그 다음날, 농부는 가래를 놓고 나무 그루터기를 지켰다.
다시 토끼를 얻고자 함이었다.
토끼는 다시 나타나지 않았다.
또 그 다음날, 농부는 가래를 놓고 나무 그루터기를 지켰다.
토끼는 다시 얻을 수 없었다.
송나라 사람들이 그를 비웃었다.

『한비자』

가혹한 정치는 호랑이보다 더 무섭다

수레 한 대가 천천히 굴러가고 있었다.
수레 위에는 공자孔子가 입을 꾹 다물고 앉아 있었다.
그를 중심으로 몇몇 제자들의 얼굴도 보였다.
사람의 그림자도 보이지 않는 길이었다.
멀리 태산(泰山:산동성 태안 북쪽에 있다)이 우뚝 서 있었다.
주위는 고요했다.
이따금 바람이 나뭇잎을 스쳐가는 소리만이 들릴 뿐이었다.
갑자기 울음소리가 고요를 휘저으며 들려왔다.
그 소리는 앞쪽에 있는 묘지 언저리에서 들려오는 것 같았다.
공자는 꿈에서 깨어난 사람처럼 몸을 일으키며 귀바퀴를 세웠다.
수레의 속도가 빨라졌다.
길가에 있는 세 무덤 앞에서 부인이 울고 있었다.
비통한 부르짖음과도 같은 울음소리는 날카로운 칼끝이 되어 사람들의 가슴을 찔러댔다.

"수레를 멈추어라."

공자가 말했다. 자비심이 많은 그였다.

수레가 멎자, 공자는 수레 옆으로 내려섰다.

그는 수레 앞채에 손을 얹고 부인에게 경의를 표하고,

제자인 자로子路를 시켜 그 경위를 물어보도록 했다.

"무슨 일로 그렇게 울고 계십니까?

몹시 슬픈 일이 있는 것 같군요."

자로가 다정한 목소리로 물었다.

부인이 놀란 표정으로 얼굴을 들었다.

그러나 그녀는 자로의 부드러운 목소리에

저으기 마음이 놓이는 것 같았다.

"네. 이 근처는 참으로 무서운 곳입니다.

아주 오래 전에 저의 시아버님께서 호랑이에게 물려 죽었습니다.

이어서 저의 남편도 호랑이에게 물려죽었고,

이번에는 아들마저 호랑이에게 물려 죽었습니다."

부인이 말을 끝내고 고개를 떨구었다.

"그렇게 무서운 이곳을 왜 떠나지 않고 있습니까?"

"여길 떠나갈 수가 없어요.

여기서 살면 가혹한 세금에 시달릴 걱정은 안 해도 되니까요."

부인이 천천히 고개를 들었다.

뼛속 깊이 사무쳐 오는 말이었다.
공자는 제자들을 둘러보았다.
공자가 천천히 입을 뗐다.
"잘 기억해 두어라.
가혹한 정치는 호랑이보다 무섭다는 사실을……"

『예기禮記』

우물에 오줌 싼 개가 사람을 문다

어떤 사람이 개 한 마리를 문 앞에 풀어 놓고 키우고 있었다.
그 개가 어찌나 사납던지 다른 사람들이
문 앞에 얼씬거리지도 못했다.
주인은 아주 흡족했다.
그런데 그 개가 항상 우물가에 오줌을 누고 똥을 쌌다.
우물에서 악취가 났다.
이웃사람들이 개주인에게 따지러 갔다.
이웃사람들이 몰려 오자,
영악한 개는 문 앞에 버티고 서서 사람들을 노려보았다.
이웃사람들이 점점 가까이 다가오자,
개는 날카로운 이빨을 드러내고 짖어대기 시작했다.
이웃사람들은 기겁을 하고 달아났다.
이웃사람들은 다시는 개주인에게 따지러 가지 못했다.

『전국책戰國策』

덮어놓고 남의 흉내를 내다

서시西施는 월越나라 여자였는데, 소문난 미인이었다.
그녀는 가슴앓이병이 있어 온종일 두 손으로
가슴을 부둥켜 안고 이맛살을 찌푸리고 마을을 돌아다녔다.
그 마을에 못생긴 여자가 있었다.
그녀는 서시가 아름다운 것은
이맛살을 찌푸리고 다니기 때문이라고 생각했다.
그녀는 자기도 가슴을 부둥켜 안고 이맛살을 찌푸리고
마을을 돌아다녔다.
마을 사람들은 그녀의 괴상한 얼굴을 보고
모두 대문을 닫아걸거나, 멀리 피해버렸다.

『장자』

잘난척하는 마부

안자晏子가 제나라의 재상으로 있을 때였다.
어느 날 그는 마차를 타고 나들이를 떠났다.
마부는 마차에 세운 큰 일산日傘 밑에 앉아
의기양양하게 채찍을 휘두르며 잘난 척했다.
마차가 마부의 집 문 앞을 지나갔다.
마침 그때 마부의 아내가 그 모습을 보았다.
마부가 집으로 돌아왔다.
"여보, 우리 당장 헤어져요!"
아내가 싸늘한 얼굴로 말했다.
마른하늘에 생벼락치는 듯한 소리였다.
"아닌 밤중에 홍두깨라더니 그게 무슨 말이요?"
마부는 어리둥절했다.
"헤어지잔 말이예요."

"당신은 도대체 왜 나와 헤어지려 하는 거요?"
"안자께선 제나라의 재상으로 여러 나라에서 명망이 높으신
분이예요. 그러나 오늘 보니까 그분은 머리를 숙이고
마차에 앉아 계셨는데 그분의 태도가 그렇게도 겸손했어요."
아내가 잠시 말을 멈추었다.
"……그런데 당신은 어땠는지 알아요?"
"……."
"그분의 마부에 불과한데도 제딴에는 대단하다고 여기고
머리를 쳐들고 의기양양해서 잘난 척한단 말이예요.
그 모습을 보고 당신과 같이 살고 싶은 생각이 사라졌어요."
아내가 말을 마쳤다.
"여보, 내가 잘못했어."
마부가 머리를 숙였다.
그 후 마부는 자신의 태도를 고쳐 매우 겸손해졌다.
마부의 태도가 이전보다 많이 달라진 것을 본 안자는
의아하게 생각해서 그 까닭을 그에게 물었다.
마부는 자초지종을 안자에게 말했다.
안자는 마부가 자신의 잘못을 재빨리 고칠 수 있는 것을
매우 훌륭하게 여겼다.
그 후 안자는 그를 추천하여 대부라는 벼슬을 하게 하였다.

『안자춘추晏子春秋』

도요새와 조개와의 싸움

조개 한 마리가 모래톱으로 천천히 기어나와
껍질을 쩍 벌리고는 햇볕을 쪼이고 있었다.
이때 강가로 날아온 도요새 한 마리가
흰 살을 드러내고 있는 조개를 보았다.
노요새는 부리를 들이밀어 조개살을 물었다.
깜짝 놀란 조개는 껍질을 오무리면서
도요새의 부리를 꽉 집었다.
도요새는 부리를 빼려고 애를 썼다.
부리를 뺄 수 없었다.
뿐만 아니라 조개도 몸을 빼서 강물 속으로 되돌아 갈 수 없었다.
조개와 도요새는 서로 다투기 시작했다.
"한 이틀만 비가 안 와 보라지.
물이 바짝 말라 넌 강물로 되돌아 가지 못하고 죽고 말거야."

도요새가 빈정거렸다.

"내가 너의 부리를 놓지 않고 한 이틀만 꽉 물고 있어봐라.
너도 죽게 될 걸."

조개가 이죽거렸다.

조개와 도요새는 계속 다투었다.

둘은 서로 조금도 지지 않고 힘을 다해 싸웠다.

그들이 지쳐가고 있을 때였다.

그물을 들고 강가로 나온 어부가 싸우고 있던
도요새와 조개를 힘들이지 않고 주워 종다래끼에 집어넣었다.

『전국책』

사람의 얼굴 모습이 각각 다르다

춘추시대 정鄭나라의 공자公子 피皮가 윤하尹何를 대부로
임명해 자기가 소유하고 있는 어느 읍邑을 다스리게 하려 했다.
공자 피와 공자 산産과의 사이에 다음과 같은 말이 오고갔다.
"윤하는 나이가 어리고,
벼슬아치의 경험이 없으므로
그가 대부직을 감당할 수 있을지 알지 못하겠습니다."
공자 산이 말했다.
"윤하는 성실하고 착한 사람입니다.
내가 그를 좋아하고 있으니,
절대로 나를 배반하지 않을 것이오.
대부로 임명해 읍을 다스리게 하면,
그도 차츰차츰 정치를 알게 될 것입니다."
공자 피가 말했다.

"아니 됩니다.
좋아하는 사람에게 잘 해주고 싶은 심정은 잘 알겠습니다만,
그것은 도리어 그를 그릇되게 하는 결과를 가져오게 됩니다.
당신께서는 윤하를 좋아하시어
백성을 다스리는 일을 맡기고자 하시지만,
그건 칼을 익숙하게 쓸 수 없는데도
큰 것을 칼로 자르게 하는 것과 같은 일입니다.
그러면 그는 많은 상처를 입게 될 것입니다."
"……."
"당신은 정나라의 기둥입니다.
기둥이 부러지고 서까래가 무너지면,
당신의 다스림을 받고 있는 사람이 모두 피해를 입게 됩니다.
또 여기에 아름다운 비단이 있다고 합시다.
당신은 그걸로 옷 짓기를 처음 배우는 사람에게
옷을 만들라고 시키지는 않을 것입니다.
높은 벼슬자리나 큰 읍은 백성들의 몸을 감싸주는 것인데,
배우고 있는 사람에게 시험삼아 다스리게 한단 말입니까?
높은 벼슬자리와 큰 읍은
아름다운 천보다 훨씬 중요한 것입니다.
결코 경험이 없는 사람에게 그 자리를 맡겨서는 아니 될 것입니다."
"음."

"사냥을 예로 들어봅시다.
수레를 조종하는 법, 활 쏘는 법을 모르는 사람에게 시켜서
짐승을 잡을 수 있겠습니까?
짐승을 잡기도 전에 수레가 뒹굴게 될 것입니다.
나라 벼슬아치의 중요성도 마찬가지입니다.
우선 배우게 한 뒤에 담당하게 하면 못할 것도 아닙니다.
역행逆行하면 반드시 나라에 커다란 손해를 끼치게 될 것입니다."
"내가 어리석었습니다.
'군자君子는 큰 일과 먼 앞날의 일을 알려고 하는 데 힘을 쓰고,
소인小人은 작은 일, 눈 앞의 일을 알려고 하는 데 힘을 쓴다.'
고 들었습니다.
나는 역시 소인입니다.
내가 입고 있는 옷은 내가 잘 알아 주의를 하나,
높은 벼슬 큰 읍은 여러 사람의 몸을 감싸주는 것인데도,
나는 멀리하여 소홀히 여겼습니다.
옷을 만드는 일조차 할 수 있는 사람에게 재단을 맡기는데
높은 벼슬자리와 큰 읍을 경험이 없는 사람에게
맡기려고 한 나의 생각이 경솔하였습니다.
만일 당신의 말이 없었더라면,
나는 깨닫지 못했을 것이오.
지난 날에 나는 당신에게 말하기를,

'당신은 정나라를 다스리시오.
내가 나의 집안을 다스리어,
당신을 비호하겠습니다.' 라고 말했습니다.
그랬으나 이제서야 나는,
내가 부족한 사람임을 알았습니다.
이제부터는 비록 내 집안 일이라 하더라도
당신의 가르침을 받고서 행하게 해 주십시오."
"사람의 마음은 얼굴 모습이 다른 것처럼 같지 않습니다.
제가 어떻게 당신을 대신할 수 있겠습니까?
저는 단지 위험한 일이라고 여겨져서 의견을 말한 것입니다."
공자 산이 손을 내저으며 말했다.
이 일이 있고 나서,
공자 피는 공자 산이 충실한 사람이라고 생각했다.
그러므로 정나라의 정치를 전적으로 맡겼다.
공자 산은 정치를 담당해서 정나라를 다시금 부강시켰다.

『춘추좌씨전春秋左氏傳』

소금 수레 끄는 말

이빨이 다 빠진 늙은 말 한 마리가
무거운 소금수레를 끌고 태항산을 오르고 있었다.
늙은 말은 고개를 떨구고 울퉁불퉁한 산길을
한 걸음 한 걸음 발을 옮겼다.
온몸에서 땀이 연신 흘러내렸다.
비틀거리다가 뒷걸음질쳤다.
하얀 거품을 뿜으며 쓰러졌다.
발굽이 짜부라지고, 무릎이 피투성이가 되었다.
백락伯樂이 수레를 타고 지나다가 이를 보고 수레에서 내렸다.
그는 상처투성이인 늙은 말의 등을 어루만지며
울음을 터뜨렸다.
베옷을 벗어 말등을 덮어 주었다.
늙은 말은 엎드려서 눈물을 흘렸다.

콧소리를 내더니, 머리를 들어 길게 울부짖었다.
그 소리가 하늘에 닿았다.
그것은 마치 돌을 깨뜨리는듯한 소리 같았다.
늙은 말은 자신을 정말로 이해해주는
사람을 만났다고 생각하는 것 같았다.

『전국책』

뱀의 발을 그리다

초나라에 제사를 지낸 사람이 있었다.
그는 술을 하인들에게 주었다.
"여러 사람이 마시면 모자라고 한 사람이 마시면 넉넉하다.
땅에다 뱀을 그려 먼저 그린 사람이
술을 마시도록 하면 어떨까?"
"그것도 좋지."
"그래 그래. 그게 좋겠어."
하인들이 저마다 말했다.
모두들 뱀을 그리기 시작했다. 이윽고 한 사람이 허리를 세웠다.
"내가 뱀을 제일 먼저 그렸다."
그가 왼손으로 술잔을 잡고 일어섰다.
그리고 그가 다시 허리를 숙였다.
"발도 그릴 수 있지."

그가 오른손으로 덧붙여 그렸다.
막 발을 다 그렸을 때였다.
뒤늦게 뱀을 그린 하인이 그 술잔을 빼앗았다.
"뱀에겐 본래 발이 없어.
자네는 지금 발을 그렸는데, 이건 뱀이 아니야."
그가 마침내 술을 마셔버렸다.
뱀의 발을 그린 사람은 끝내 술을 빼앗겨버렸다.

『전국책』

공짜만큼은 두려운 것이 없다

지백智伯이 위衛나라를 치려고 계교를 꾸몄다.
그는 위나라 왕에게 야생마 4백필과 흰옥 한 개를 선사했다.
위나라 왕은 크게 기뻐했다.
벼슬아치들이 모두 축하했다.
그러나 대부 벼슬자리에 있는
남문자南文子의 얼굴빛은 걱정스러운 빛을 띠고 있었다.
"큰 나라가 커다란 호의를 보여 주었는데도
얼굴에 수심이 가득하니 어찌 된 일이오?"
위나라 왕이 물었다.
"공이 없는 데도 상을 내린다던가,
수고하지 않았는 데도 표하는 예의는
잘 살펴보지 않으면 안됩니다.
4백필의 야생마와 흰 옥 하나라는 것은

작은 나라가 해야 할 인사입니다.
그런데도 위나라 같은 큰 나라가
그렇게 하는 점을 잘 헤아려 주시오소서."
남문자가 대답했다.
"그렇구려. 공짜만큼 두려운 것이 없소."
위나라 왕은 곧 국경을 철저히 지키도록 명령했다.
지백은 군사들을 동원해 위나라를 습격했다.
그러나 위나라의 철통 같은 방비를 보고
국경까지 왔다가 군사를 돌이켰다.
"위나라에 어진 사람이 있어
우리의 계교를 사전에 알고 있었도다."
지백이 말했다.

『전국책』

명궁은 활을 자주 쏘면 안된다

초楚나라에 양유기養由基라는 명궁이 있었다.
그는 활을 몹시 잘 쏘았다.
어느 날 그가 백보 떨어진 곳에서 버드나무 가지 끝에
매달려 있는 버들잎을 겨냥하고 활시위를 당겼다.
버들잎이 떨어졌다.
"와!"
옆에서 구경하던 마을 사람들이 소리쳤다.
다시 그가 다른 가지에 매달려 있는 버들잎을 겨냥하고
활시위를 당겼다.
버들잎이 떨어졌다.
"와!"
마을 사람들이 다시 소리쳤다.
"제법 잘 쏘는군. 가르칠 만한데."

마침 옆을 지나가던 나그네가 혼잣소리처럼 말했다.
이 말을 듣고 양유기가 활쏘기를 멈췄다.
"사람들이 나를 보고 활을 잘 쏜다고 하는데
당신은 오히려 가르칠 만하다고 하니,
부디 나에게 활쏘기를 한번 가르쳐 주십시오."
양유기가 나그네에게 다가가며 말했다.
"나는 그대에게 왼손을 펴라든가,
오른손을 굽히라든가 하는 동작 하나하나를 가르칠 수가 없네.
그러나 보게나.
버들잎까지 쏘아 맞추는 그대 같은 사람은
반드시 그 솜씨를 자랑하기 위해 자주 활을 쏘게 될 것이네.
그렇게 되면 얼마 후에는 기력이 떨어져
활을 제대로 잡지도 못하고 화살을 당기지도 못하게 될 걸세.
그때가 되면 지금까지 들어온 명궁이라는 칭찬이
하루 아침에 사라진다는 것쯤은 가르쳐 줄 수 있지."
나그네가 말했다.
"그럼 제가 어떻게 해야 합니까?"
양유기가 물었다.
"명궁은 활쏘기를 아낄 줄 알아야 하네.
그리하면 힘이 축적되어 평생 명궁 소리를 들을 수 있을 걸세."

『전국책』

진흙 인형과 나무 인형

치수淄水의 물가에서 진흙으로 만든 인형과
복숭아나무로 조각한 인형이 서로 만났다.
이야기를 서로 주거니받거니 하다가 말다툼을 하게 되었다.
"너는 서쪽 언덕의 진흙덩이야.
그 진흙덩이를 빚어 인형을 만든 것 뿐이므로,
장마철이 닥쳐 큰물이 지고 산이 무너지면
물에 휩쓸려 형체도 없이 사라지고 말거야."
나무 인형이 말했다.
"그래 맞아. 난 원래부터 서쪽 언덕의 진흙덩이였으니까,
큰물이 지면 진흙으로 변해 다시 돌아가면 그만이야.
그런데……."
진흙 인형이 말을 멈추었다.
"그런데……."

"그런데 말야,
너는 동쪽나라의 복숭아나무를 깎아 만든 거잖아.
비가 쏟아져 치수가 넘치면 물의 흐름을 타고 휩쓸려
넓고 아득한 바다를 떠돌 뿐인데…….
그렇게 되면 자네는 도대체 어떻게 되나?"

『전국책』

증자는 거짓말을 하지 않았다

어느 날 증자曾子의 아내가 시장으로 나가려 하는데
아이가 울며불며 어머니를 따라가려 하였다.
"어서 들어가 있거라. 장에 갔다 와서 돼지를 잡아주마."
그녀가 아이를 달래며 말했다.
그녀가 시장에서 돌아와보니,
증자가 아이의 말을 듣고 돼지를 잡으려 하고 있었다.
그녀는 깜짝 놀랐다.
"왜 이러시는 거예요.
애를 달래려고 한 말인데 정말로 돼지를 잡으면 어떻게 해요."
그녀가 증자의 팔을 잡아당기며 말했다.
"아이에게 어떻게 거짓말을 한단 말이요.
아이들의 행동거지 하나하나는 애비, 에미에게서 배운다오.
당신이 아이를 속이는 것은

아이에게 속임수를 가르치는 것이 아니겠소.
에미가 자식을 속이면 자식이 그 에미를 믿지 않게 될 것이오.
그건 교육 방법이 아니오."
증자는 말을 끝내자, 돼지를 잡았다.

『한비자』

남쪽으로 뻗은 나뭇가지 밑에서 꿈을 꾸다

당唐나라 덕종德宗 때의 일이었다.

광릉廣陵이란 곳에 순우분淳于棼이 살고 있었다.

그의 집 남쪽에 천년 묵은 느티나무 한 그루가

뿌리를 내리고 있었다.

어느 날이었나.

순우분이 술에 잔뜩 취해 느티나무 밑에서 잠이 들었다.

꿈 속에서 그는 보라색 옷을 입은 두 사나이를 만났다.

"괴안국 왕이 당신을 모셔오라 했습니다."

"어서 가시지요."

두 사나이가 말했다.

순우분은 그들을 따라 느티나무의 구멍 안으로 들어갔다.

한참을 걸어가자, 커다란 성문이 그를 가로막았다.

순우분이 고개를 들어 바라보니 '대괴안국大槐安國' 이라는 금글자로 쓴 현판이 걸려 있었다.

곧 성문이 열렸다.

시종들의 걸음걸이가 분주해졌다.

드디어 순우분은 괴안국왕을 만나게 되었다.

"그대가 순우분인가?"

괴안국왕이 물었다.

"예, 그러하옵니다."

순우분이 짧게 대답했다.

괴안국왕은 마치 옛친구가 온 것처럼 반가와했다.

며칠 후 순우분은 괴안국왕이 시키는 대로 그의 딸과 결혼했다.

순우분은 왕궁 안에서 살게 되었다.

세 사람의 집사執事가 딸려 있었는데,

그들 중의 한 사람은 전부터 얼굴을 아는 전자화田子華였다.

또 왕이 접견할 때 벼슬아치들의 행렬 속에서,

술 마시던 친구인 주변周弁을 발견했다.

순우분이 전자화에게 물어 보니,

지금은 출세하여 대신이 되었다는 것이었다.

어느 날이었다.

"남가군의 정세가 매우 어지러워

어떻게 하면 좋을지 모르겠구려.

그곳에 가서 남가군을 한번 다스려 보는 게 어떨까?"

괴안국왕이 걱정스레 말했다.

"성은이 망극하옵니다."

순우분은 머리를 조아렸다.

순우분은 주변과 전자화를 데리고, 남가군으로 내려갔다.

주변과 전자화가 순우분을 잘 보필하여

남가군은 잘 다스려졌다.

남가군 백성들은 순우분을 우러러보게 되었다.

조정의 높은 자리로 순우분이 영전해가려 해도

백성들이 들고 일어나 길을 막는 바람에

순우분은 남가군에만 붙들려 지내게 되었다.

20년의 세월이 흘러갔다.

아내와의 사이에 5남 2녀가 있었다.

아들은 공직을 쌓아 높은 벼슬을 하였고,

딸들은 왕족에게로 출가했다.

나라 안에서 순우분의 세력을 견줄만한 사람이 없게 되었다.

그 해에 단라국檀羅國의 군대가 남가군으로 쳐들어왔다.

순우분은 주변을 사령관으로 삼아 이를 물리치도록 하였다.

그러나 주변이 적을 깔보았기 때문에 크게 패하였다.

가까스로 목숨을 부지하고 돌아온 주변은

동창으로 고생하다가 죽었다.

단라국 군사들은 온갖 재물을 약탈하여 돌아갔다.

북새통 속에 아내마저 이름모를 병을 앓다가 열흘만에 죽었다.
순우분은 남가군을 복구하는 데 온갖 노력을 기울였다.
어느 정도 복구가 되자,
그는 괴안국왕에게 중앙으로 올라가고 싶다고 전갈을 올렸다.
괴안국왕은 그의 청을 허락했다.
순우분이 서울로 돌아오자,
수많은 백성들이 나와 그를 환영했다.
그에 대한 명망은 날로 높아져 그의 집을 출입하는
귀족이나 유력자들의 발길이 끊이지 않았다.
마침내 괴안국왕도 그의 세력에 은근히 불안을 느끼게 되었다.
그때 마침 나라 안에 이변이 생겼다.
서울을 옮기느냐 옮기지 않느냐에 대한 공론이 일어났다.
나라가 소란스러워졌다.
"이와 같이 나라가 어려움에 처하게 된 것은
순우분 세력의 팽창 때문에 일어나기 시작한 민심의 동요가
그 중요한 원인의 하나라고 생각합니다."
어떤 벼슬아치가 상소를 올렸다.
"순우분을 집안에 연금시켜버리도록 하라."
괴안국왕이 명령했다.
"저에게 아무런 잘못이 없는데도 불구하고 연금을 시키다니
이런 부당한 처사가 어디에 있습니까?"

순우분은 항의했다.

"그대는 고향을 떠나온 지가 오래되므로,

한번 돌아가보는 게 어떻겠는가?"

괴안국왕이 말했다.

"저의 집은 여깁니다. 돌아가지 않겠습니다."

"그대는 원래 속세의 사람이네. 여긴 자네의 집이 아닐세."

순우분은 깜짝 놀라 전에 있었던 일을 기억해냈다.

그는 고향으로 돌아가기로 했다.

괴안국으로 처음 왔을 때 맞이해준 벼슬아치들이

순우분을 데려다 주었다.

자신이 살던 집이 가까워졌다.

느티나무 가지가 보였다.

자신이 느티나무 아래에서 자고 있는 모습이 보였다.

순우분은 깜짝 놀랐다.

그 자리에 못 박힌 듯이 멈춰 섰다.

"순우분! 순우분!"

벼슬아치들이 큰소리로 순우분을 불렀다.

순우분은 눈을 떴다.

너무나 이상한 꿈이었다.

순우분은 느티나무 밑을 살펴보았다.

과연 구멍이 있었다.

"도끼를 빨리 가져와라."

순우분이 하인에게 손짓했다.

하인이 헐레벌떡 도끼를 들고 왔다.

도끼를 들고 순우분은 나무 구멍으로 들어가 헤쳐보았다.

성 모양을 한 개미 집이 나타났다.

두 마리의 빨간 머리를 한 큰 개미의 둘레를

수많은 개미떼가 뒤엉켜서 바글거리고 있었다.

이 땅굴이 바로 괴안국의 서울이었다.

그리고 두 마리의 빨간 머리를 한 큰 개미는

바로 괴안국왕 내외였던 것이다.

다시 입구로 되돌아 오던 길에 이번에는 구멍을 따라

남쪽으로 뻗은 가지를 네 길쯤 위로 올라갔다.

굵은 가지들이 합쳐진 곳에 네모진 동굴이 있었다.

성 모양을 한 개미집이었다.

그곳이 바로 그가 백성들을 다스렸던 남가군이었던 것이다.

그는 하인과 함께 느티나무 속과 밖으로 통하는 구멍을

처음과 마찬가지로 고쳐두고 방으로 돌아왔다.

그날 밤 순우분이 이리 뒤척 저리 뒤척하다가

막 잠이 들었을 때였다.

번쩍 번쩍 번개가 쳤다.

순우분은 이불을 당겨 올렸다.

장대비가 줄기차게 쏟아져 내렸다.
으스스 한기가 몰려왔다.
날이 밝자, 비가 멈췄다.
순우분은 느티나무 밑으로 갔다.
구멍 안을 들여다 봤다.
개미들의 모습은 한 마리도 보이지 않았다.
문득 순우분은 나라에 이변이 생겼으므로
서울을 옮겨야 한다고 법석을 떨던 꿈이 생각났다.

『남가기南柯記』

이 세 마리, 서로 다투다

이 세 마리가 서로 다투고 있었다.
지나가던 늙은 이가 발걸음을 멈추고
물끄러미 그 모습을 바라보았다.
"무엇 때문에 서로 다투고 있느냐?"
늙은 이가 물었다.
"살찐 곳을 차지하기 위해서 다투고 있는 거다."
세 마리의 이들이 대답했다.
"섣달 그믐날이 다가오면 이 돼지는 띠풀을 태운 불에
그을려질 건데 지금 무얼 하고 있는 거냐?"
늙은 이가 혀를 끌끌 찼다.
"듣고 보니 그렇네."
세 마리의 이들은 다투기를 멈추고
함께 돼지 털 속으로 파고 들어가 마구 피를 빨아댔다.

돼지는 갈수록 야위어 갔다.
마침내 사람들은 아무도 그 돼지를 잡아먹으려 하지 않았다.

『한비자』

붕새와 참새

북쪽 끝 불모의 땅에 검은 바다가 있었다.
그 바다가 바로 천지天池이다.
그곳에 고기 한 마리가 살고 있다.
그 고기는 어마어마하게 컸다.
너비가 수천리, 길이는 얼마가 되는지 알 수 없었다.
그 고기의 이름은 곤鯤이다.
또 그곳에 새 한 마리가 살고 있다.
그 새의 이름은 붕鵬이다.
그 새는 어마어마하게 컸다.
등은 태산처럼 울퉁불퉁하고,
날개는 하늘에 드리운 구름 같았다.
한번 날개를 퍼득여 날기 시작하면
구만 리 상공까지 올라가 남극의 바다로 향한다.

"저 녀석은 도대체 어디로 가려는 걸까.
나는 몇 길 날아 오르다가 내려와
쑥대밭 사이를 날아다녀도 잘만 산다.
그런데 저 녀석은 도대체 어디로 가려는 걸까?"
참새가 비웃었다.

『장자』

뱃전에 표식을 하고 칼을 찾다

전국시대戰國時代에 초楚나라 사내가 배를 타고
양자강을 건너가고 있었다.
키가 크고 어깨가 딱 벌어진 그는 품에 칼 한 자루를 안고 있었다.
바람 한 점 없는 잔잔한 날씨여서 물결도 일지 않았다.
승객들은 이야기를 주고 받으며
따사로이 내리쬐는 햇살에 몸을 맡기고 있었다.
뱃전에 부서지는 물결을 바라보고 서 있던 사내가
갑자기 소리를 질렀다.
"앗! 이걸 어쩌지?"
칼 한 자루를 품에 안고 있던 사내가
칼을 강물 속에 떨어뜨린 것이었다.
짧은 비명 소리에 놀란 승객들은 사내한테로
일제히 시선을 던졌다.

사내는 뱃전에서 재빨리 몸을 기울여서 칼을 찾았다.

칼은 강물 속 깊이 사라지고 없었다.

탁류만 세차게 흘러가고 있을 뿐이었다.

"무슨 일이오?"

허둥대는 사내에게로 승객들이 다가갔다.

"칼이 물에 빠졌습니다."

사내가 허리에 찼던 창칼을 빼어 지금 막 칼을 놓친 뱃전에

홈집을 내어 표식을 하였다.

"……?"

사람들이 고개를 갸웃거리며 사내를 바라보았다.

"내 칼이 여기서 떨어졌어.

표식을 하여 놓았으니 이젠 안심이다. 찾을 수 있을 거야."

사내가 사람들을 향해 웃었다.

사람들은 아무 말도 않고 사내를 의아한 눈길로 바라보았다.

이윽고 배가 맞은편 강가에 닿았다.

"칼을 찾아봐야지."

사내는 표식을 해 둔 곳에서 강물 속으로 뛰어들었다.

사내는 칼을 찾기 시작했다.

그러나 배는 이미 사내가 칼을 떨어뜨린 곳을

멀리 벗어나 있었기 때문에 칼이 있을 리 없었다.

"저 사람 좀 돈 사람이 아니야?"

"그러게 말야."
구경꾼들이 사내를 향해 손가락질하며 키득거렸다.
그러나 사내는 아랑곳하지 않고 칼을 찾고 있었다.

『여씨춘추』

흰 말을 타고 관문을 지나갈 때 세금을 내다

아세兒說는 송나라의 뛰어난 언변가였다.
그는 '흰 말은 말이 아니다白馬非馬'라는 논변을 주장하여
유명했다.
그는 제나라의 직하稷下 지방의 모든 언변가들을 굴복시켰다.
아세가 흰 말을 타고 국경의 관문을 지나가게 되었다.
"마세馬稅를 내시오."
수비병이 말했다.
"흰 말은 말이 아니므로 마세를 줄 수 없네."
아세가 말했다.
"흰 말이 말이 아니면, 당신이 말이란 말인가?"
수비병이 목소리를 높였다.
결국 아세는 마세를 낼 수밖에 없었다.

『한비자』

물고기의 즐거움

어느 날 장자와 혜자가 호濠라는 강의 다리 위를
산보하고 있었다.
"저봐, 뱅어가 물 속에서 자기 마음 내키는 대로
헤엄치고 있군. 저게 바로 물고기의 유일한 즐거움이겠지."
장자가 말했다.
"자네는 물고기도 아닌데 어찌 물고기의 즐거움을
안단 말인가?"
혜자가 반박했다.
"그렇게 말하는 자네는 내가 아닌데
어찌 내가 물고기의 즐거움을 모르는 줄 안단 말인가?"
장자가 되받았다.
"물론 나는 자네가 아니지. 그러니까 자네 심중은 몰라.
마찬가지로 자네는 물고기가 아니기 때문에

자네가 물고기의 즐거움을 모르는 것도 사실이 아닌가."
혜자가 또 반박했다.
"그럼 이야기를 다시 시작하세.
물고기의 즐거움을 알 수 없다고 먼저 말한 것은 자네가 아닌가.
그것은 자네가 이미 내 심중을 알고 있다는 전제가 되지 않나.
그렇다면 다리 위에 서 있는 내가 물고기의 즐거움을 알 수 있다
는 것을 인정하고 한 말이 아니겠나."
장자가 말했다.

『장자』

제2부 | 천리마를 구하는 법

이웃에 사는 젊은이를 도적으로 의심하다

어떤 시골 사람이 도끼 한 자루를 잃어버렸다.
그는 이웃에 사는 젊은이를 의심하고
그의 행동을 유심히 살폈다.
걸음걸이를 보았다. 그가 도끼를 훔친 것 같았다.
얼굴빛을 보았디. 그가 도끼를 훔친 것 같았다.
말소리를 들었다. 그가 도끼를 훔친 것 같았다.
그의 행동거지 하나하나가 도끼를 훔친 사람 같았다.
며칠 후 산골짜기를 지나다가 그는 잃어버렸던 도끼를 찾았다.
알고보니 자기가 산에 나무하러 갔다가
산골짜기에 놔두고 왔던 것이다.
이튿날 그는 이웃에 사는 젊은이를 만났다.
걸음걸이를 보았다. 도끼를 훔친 사람 같지 않아 보였다.
얼굴빛을 보았다. 도끼를 훔친 사람 같지 않아 보였다.

말소리를 들었다. 도끼를 훔친 사람 같지 않아 보였다.
그의 행동거지 하나하나가 도끼를 훔친 사람 같지 않아 보였다.

『열자』

우물 안에 사는 개구리와 동해에서 온 자라

못쓰게 되어버린 우물 안에 청개구리 한 마리가 살고 있었다.
어느 날 청개구리는 우물가에서 큰 자라를 만났다.
그는 동해에서 왔던 것이었다.
"난 이 우물 안에서 사는 것이 얼마나 좋은지 몰라요.
우물 난간에서 뛰어놀기노 하고 피로할 때는
우물 안에 들어가 우물 벽에 기대어 한참 자곤 하지요.
그렇지 않으면 머리와 입만 내놓고
몸을 편안히 물에 담그고 있든가,
부드러운 흙 위에서 거닐든가 하지요.
방개나 올챙이를 보아도 나만큼 재미있게 사는 것이 없어요.
게다가 난 이 우물을 혼자 차지하고 큰소리치면서 살아요.
자라님도 우물 안에 들어와서 내가 사는 것을 구경해 보세요."
청개구리가 자랑했다.

"그래요. 그럼 어디 구경해 볼까요."
자라가 우물 안으로 들어가보려 했다.
그러나 왼쪽다리를 들여놓기 전에 오른쪽 다리가 걸리고 말았다.
자라는 어정어정 뒷걸음질쳤다.
"넌 바다를 본 적이 있니?
바다의 넓이는 천만리도 더 되고 깊이는 만길도 더 된단다.
옛날 우왕禹王 때에는 십년 동안 아홉 번이나 큰물이 졌으나
바닷물은 별로 붇지 않았고,
탕왕湯王 때에는 팔년 동안 일곱 번이나 가뭄이 들었지만
바닷물은 별로 줄지 않았단다.
언제나 엄청난 양의 물이 있으므로
가뭄이나 장마의 영향을 받지 않는단다.
그런 바다에서 사는 것이 나의 큰 즐거움이란다."
자라가 이야기를 끝냈다.
"……."
청개구리는 어찌나 놀랐던지 우물 안에서 넋을 잃었다.

『장자』

풀을 엮어서 은혜를 갚다

춘추시대 진晉나라 위무자魏武子에게
사랑하는 첩이 있었으나 아들을 낳지 못했다.
그의 아들 과顆에게는 서모가 되는 셈이었다.
위무자가 병이 들었다.
그가 아직 병이 그나시 싶어지기 전의 일이었다.
그는 아들을 불렀다.
"내가 죽으면 너는 반드시 어머니를 재가再嫁시켜라."
위무자가 말했다.
위무자가 위독해졌다.
그가 아들을 다시 불렀다.
"내가 죽으면, 너는 반드시 네 어머니가 나를 따라 죽게 하라."
위무자가 말했다.
마침내 위무자가 죽었다.

위과는 아버지의 명령을 따르지 않고,
그 서모를 개가하게 했다.
"사람이 병이 위독해지면 정신이 혼란해집니다.
저는 아버지가 정신이 맑으실 때에 하신 말씀을
따르기로 했습니다."
위과가 말했다.
그후 선공宣公 15년 7월.
진秦나라의 환공桓公이 진晉나라를 쳐서
군대를 보씨輔氏에 주둔시켰다.
이 보씨의 싸움에서 위과는 진秦나라의 이름난
역사力士 두회란 사람과 싸우게 되어 목숨이 위태롭게 되었다.
그러나 어떤 노인이 두회의 발 앞에 풀을 엮어서
걸려 넘어지게 하여 두회를 사로잡을 수 있게 되었다.
그 날 밤, 위과의 꿈 속에 그 노인이 나타났다.
"나는 그대가 재가시킨 여자의 아비 되는 사람이요.
그대가 죽은 부친이 정신이 맑을 때에 한 유언을 따랐기 때문에
내 딸이 살았으므로 내가 은혜를 갚은 것이외다."
노인이 말을 마치고 사라졌다.

『춘추좌씨전』

작을 수도 있고 클 수도 있다

송나라의 어떤 사람이 손트는 것을 방지하는 약을 만들었다.
그 약은 효과가 아주 좋았다.
추운 겨울에 아낙네들이 그 약을 손에 바르고
냇가에서 빨래를 해도 손이 트지 않았다.
이떤 사림이 이 소문을 듣고 그 약을 파는 사람을 찾아갔다.
"은 백냥을 줄 테니 당신의 그 약처방을 나에게 파시오."
약을 파는 사내는 아내와 의논을 했다.
"매번 약을 팔아도 몇푼씩 밖에 받지 못하는데 지금 단번에
은 백냥을 받는 것은 대단히 수지가 맞는 일이 아닙니까."
아내가 말했다.
"정말 그렇겠네."
약 파는 사내가 헤벌쭉 웃었다.
약처방을 산 사람이 그것을 오나라 왕에게 바쳤다.

그후 오나라 왕은 월나라를 치게 되었다.
그때가 바로 겨울이었다.
공교롭게도 물에서 싸우게 되었다.
오나라 왕은 병사들에게 그 약을 바르게 하였다.
병사들의 손발이 조금도 트지 않았으므로 싸움에서 이겼다.
"그대가 준 약처방 때문에 싸움에 이겼도다."
오나라 왕은 약처방을 바친 사람에게 후한 상을 내렸다.
똑같은 약이지만 작은 데 쓰면 피부병을 치료하는 데에 그치나,
큰 데 쓰면 나라의 큰 일에 관계되는 것이다.

『장자』

싸움닭

기성자紀省子라는 사람이 주周나라 선왕宣王을 위하여
싸움닭을 키웠다.
열흘이 지났다.
"닭이 싸움을 할 만한가?"
선왕이 물었다.
"안됩니다.
아직 교만하기만 하여 자기의 힘만 믿고 있습니다."
기성자가 대답했다.
다시 열흘이 지났다.
"닭이 싸움을 할 만한가?"
선왕이 물었다.
"안됩니다.
아직도 다른 닭의 소리나 모습만 보아도 덤벼듭니다."

기성자가 대답했다.
또 다시 열흘이 지났다.
"닭이 싸움을 할 만한가?"
선왕이 물었다.
"안됩니다.
아직도 상대를 노려보며 자기의 힘찬 기운을 내보입니다."
기성자가 대답했다.
또 다시 열흘이 지났다.
"닭이 싸움을 할 만한가?"
선왕이 물었다.
"이제 거의 됐습니다.
자기의 힘만 믿고 힘자랑을 하지도 않고,
함부로 다른 닭한테 덤벼들지도 않아서,
멀리서 보면 마치 나무로 깎아 만든 닭처럼 보입니다.
이 닭이 싸움판에 나가면
다른 닭들은 감히 덤벼들지도 못하고 도망쳐 버릴 것입니다."
기성자가 대답했다.

『열자列子』

지나침은 모자람과 같다

"자장子張과 자하子夏 중 누가 더 현명하다고 보십니까?"
자공이 공자에게 물었다.
공자는 두 제자를 비교해 한참 생각하다가 입을 열었다.
"자장은 지나치고 자하는 미치지를 못하는구나."
"그렇다면 자장이 낫다는 말씀인가요?"
"그렇지 않느니라.
지나침은 모자람과 똑같은 말이니라."
공자가 고개를 저었다.

『논어論語』

쓸데없이 걱정하다

중국 기杞나라에 어떤 사람이 있었다.
그는 평소 쓸데없는 걱정을 많이 했다.
'하늘이 무너져내리면 어쩌지?'
'땅이 갈라지면 어쩌지?'
매일 이러한 걱정을 하느라고
잘 먹지도 못하고 잠도 제대로 자지 못하였다.
그러자 그가 근심하고 있는 것을 근심하는 친구가 있었다.
친구가 그를 찾아갔다.
"하늘이란 것은 공기로 싸여 이루어진 것에 불과해.
공기는 어디에나 있는 것이네.
사람이 몸을 굽히거나 펴거나 숨을 들이내쉬고 하는 것은,
온종일 하늘 속에서 하는 일이네.
어찌 하늘이 무너져 내릴 것을 근심하고 있나?"

"하늘이 정말 공기로 싸여 이루어진 것이라면,
해와 달과 별들이 떨어져 내려올 것이 아닌가?"
"해와 달과 별들도 역시 마찬가지일세.
그것들도 모두 공기로 둘러싸여 있으므로
떨어질 염려가 없다네."
"그렇다면 땅이 갈라지면 어떻게 하지?"
"땅이란 흙이 쌓여서 이루어진 것에 불과하다네.
흙이란 사방을 채우고 막고 있어 어디에나 있는 것일세.
사람들은 온종일 땅을 밟고 있는 게 아닌가.
그런데 어째서 땅이 갈라진다는 걱정을 하는 건가?"
근심하고 있던 사람은 모든 의문점을 풀고 몹시 기뻐했다.
근심하던 친구 때문에 근심했던 친구도 기뻐했다.

『열자』

화씨의 옥

초나라에 화씨和氏라는 선비가 살고 있었다.
초산楚山에 갔다가 옥덩어리를 한 개 주웠다.
그것을 여왕厲王에게 바쳤다.
여왕은 옥을 다듬는 사람을 궁궐로 불러들였다.
"이것이 정말 옥이 맞는지 감정해 보아라."
여왕이 말했다.
"예."
옥을 다듬는 사람이 옥덩어리를 살폈다.
"이것은 옥덩어리가 아니라 돌입니다."
옥을 다듬는 사람이 말했다.
"뭐라고, 옥이 아니고 돌이라고?"
여왕은 이 말을 듣고 화씨가 자기를 속였다고 여겼다.
벌로서 그의 왼발을 잘랐다.

여왕이 죽고 무왕武王이 왕위에 올랐다.

화씨는 또 그 옥덩어리를 가져다 무왕에게 드렸다.

무왕은 옥을 다듬는 사람을 궁궐로 불러들였다.

"이것이 정말 옥이 맞는지 감정해 보아라."

무왕이 말했다.

"예."

옥을 다듬는 사람이 옥덩어리를 살폈다.

"이것은 옥덩어리가 아니라 돌입니다."

옥을 다듬는 사람이 말했다.

"뭐라고, 옥이 아니고 돌이라고?"

무왕은 이 말을 듣고 화씨가 자기를 속였다고 여겼다.

벌로서 그의 오른발을 잘랐다.

무왕이 죽고 문왕文王이 왕위에 올랐다.

화씨는 초산 아래에서 옥덩어리를 끌어 안고

사흘 밤 나흘 낮을 울었다.

눈물이 말랐다. 눈에서 피가 흘렀다.

문왕이 이 소식을 들었다.

벼슬아치를 보내 그 까닭을 알아오도록 명했다.

"너의 죄는 벌을 받아 마땅하다.

천하에 발을 잘리는 형벌을 받은 사람이 한두 사람이 아닌데

너는 왜 그렇게도 슬피 울고 있는고?"

벼슬아치가 물었다.

"제가 우는 까닭은
두 발을 잘려서 슬퍼하는 것이 결코 아닙니다.
진귀한 옥덩어리를 돌이라 하고
정직한 선비에게 협잡을 꾸몄다고 형벌을 주는 현실이
가슴 아파 우는 것입니다."

화씨가 눈물을 흘리며 말했다.

문왕은 옥을 다듬는 사람을 다시 불렀다.

"이 옥을 쪼개보아라."

문왕이 말했다.

"예."

옥을 다듬는 사람이 옥덩어리를 쪼갰다.
과연 진짜 옥이었다.
그 후부터 이 옥을 '화씨의 옥'이라고 이름하게 되었다.

『한비자』

공자의 선생

공자가 초나라에 갔다.
숲을 지나다가 매미를 잡는 사람을 보게 되었다.
그는 꼽추였는데, 마치. 개미 줍듯이 손쉽게 잡고 있었다.
"당신은 참으로 매미 잡는 재주가 좋소이다.
무슨 특별한 방법이라도 있습니까?"
공자가 걸음을 멈추고 물었다.
"나는 도道를 터득하고 있습니다.
처음에는 막대기 끝에 흙으로 빚은 공 두 개를 포개어 놓고
그것을 떨어뜨리지 않는 연습을 계속합니다.
이것에 성공하면 매미를 잡을 때
실수를 저지르는 경우가 적습니다.
그리고 나서 세 개를 포개어 놓고
떨어뜨리지 않는 연습을 계속합니다.

이것이 성공하면 실수하는 경우가 열에 하나 정도 됩니다.
그리고 나서 다섯 개를 포개어 놓고
떨어뜨리지 않는 연습을 계속합니다.
이것이 성공하면 마치 개미를 줍듯 잡을 수 있습니다.
이런 상태가 되면 나는 마치 나무기둥을 세워 놓은 것 같이
미동도 하지 않으며,
나의 팔은 마치 마른 나뭇가지와 같이 단단해집니다.
그리고 마음은 오직 매미만을 생각합니다.
나는 몸을 젖히지도 않고, 기울이지도 않으며,
세상 만물을 잊고 매미만을 생각하는데
어찌 잡히지 않겠습니까?"
꼽추가 말을 끝냈다.
"생각을 분산시키지 않고,
한곳에 집중하면 귀신의 경지에 도달할 수 있다더니
바로 이분을 두고 하는 말일 것이니라."
공자가 제자들을 돌아보며 말했다.

『열자』

갈매기

바다가 가까운 마을에 갈매기를 좋아하는 젊은이가 살고 있었다.
그는 거루를 타고 바다로 나가 갈매기를 찾아다녔다.
갈매기들이 떼지어 날고 있는 곳에 이르자,
그는 천천히 노를 저었다.
갈매기는 거루 주위를 맴돌았다.
다음 날, 젊은이는 거루를 몰고 바다로 나갔다.
갈매기들이 떼지어 날고 있는 곳에 이르러 느릿느릿 노를 저었다.
갈매기들이 거루 주위를 맴돌았다.
날이 감에 따라 갈매기들은 젊은이와 친해졌다.
그를 무서워하지 않았다.
무리를 지어 뱃전에까지 날아왔다.
갈매기가 백 마리도 넘었다.
어느 날이었다.

"내가 들으니 넌 날마다 갈매기와 논다지.
한 마리만 잡아다 다오."
아버지가 말했다.
"그건 아주 쉬운 일입니다. 잡아다 드리겠습니다."
젊은이가 대답했다.
그 다음날.
젊은이는 거루를 타고 바다로 나갔다.
갈매기들은 하늘에서 맴돌 뿐 뱃전으로 내려오지 않았다.

『열자』

관중과 포숙의 지극한 우정

관포管鮑란 제齊나라의 관중管仲과 포숙아鮑叔兒를 말한다.

관중은 영수(穎水:지금의 중국 하남성 동부와 안휘성 서북부에 있는
강 이름) 유역 출신의 사람이다.

그는 젊은 시절부터 포숙아와 친하게 지냈다.

젊은 시절 관중은 가난했다.

그는 포숙아를 자주 속였다.

포숙아는 자신이 속임수에 넘어가는 줄 알면서도

그를 잘 대해주었으며, 그런 일로 이러니저러니 따지지 않았다.

그 후 두 친구는 정치적으로 다른 길을 걷게 된다.

포숙은 제나라의 공자公子 소백小白을 섬기게 되었고

관중은 공자 규糾를 섬기게 되었다.

소백이 즉위하여 제나라 환공桓公이 되고, 규가 죽자,

관중은 사로잡힌 몸이 되었다.

"관중을 살려주십시오."

"나를 죽이려던 적장을 살려주라고?"

환공이 포숙을 의아한 눈길로 바라보았다.

"그는 천하의 어진 인재입니다."

"천하의 어진 인재라?"

"왕께서 천하의 패자가 되시기를 바라신다면,
관중을 살려주시는 것이 좋을 것 같습니다."

포숙은 관중을 재상으로 강력히 천거하였다.

관중은 등용되어 제나라의 국정을 맡아 능력을
유감없이 발휘하였다.

이로 인해 환공은 천하의 패자가 되어
제후들과 여러 차례 회맹하고 천하를 바로잡았다.

이것은 모두 관중의 지모智謀에 의한 것이었다.

"일찍이 내가 처음에 곤궁하여
포숙과 함께 장사를 할 적의 일이다.

재물과 이익을 나누는 데 있어서 스스로에게 많이 주었으나,
포숙이 나를 탐욕스럽다고 여기지 않은 것은
내가 가난한 것을 알았기 때문이다.

내가 일찍이 포숙을 위하여 일을 도모하다가 도리어
곤궁해졌으나 포숙이 나를 어리석다고 생각하지 않은 것은
때에는 이로움과 이롭지 않음이 있음을 알았기 때문이요,

내가 일찍이 세 번 벼슬길에 나아갔다가
세 번 임금에게 쫓겨났으나
포숙이 나를 못났다고 여기지 않은 것은
내가 때를 만나지 못한 것을 알았기 때문이다.
그리고 내가 일찍이 세 번 싸워 세 번 달아났으나
포숙이 나를 비겁하다고 여기지 않은 것은
나에게 늙은 어머니가 있다는 것을 알았기 때문이다.
공자 규가 패소함에 소홀은 죽었거늘,
나는 잡혀 갇혀서 욕을 받되,
포숙이 나를 부끄러움이 없다고 여긴 것은
내가 작은 절개를 부끄러워하지 않고
공명이 천하에 드러나지 않음을 부끄러워 한다는 것을
알았기 때문이다.
나를 낳은 사람은 부모요,
나를 아는 사람은 포숙이다."
관중이 말했다.
포숙은 관중을 천거한 후에,
자신은 아랫자리에 있으면서 관중을 받들었다.
그 자손도 대대로 제나라의 녹봉을 받기를
10여 대 모두가 명대부名大夫였으며,
세상 사람들은 관중의 재덕을 칭찬하기보다는

오히려 포숙의 사람 알아보는 혜안慧眼을 더욱 칭찬하였다.

『사기史記』

갈림길

양자楊子의 이웃에 사는 사람이 양을 잃어버렸다.

그는 모든 친척을 데려다가 양을 찾아나섰다.

그것도 모자라 양자의 집 하인들에게도 도와달라고 하여

그 뒤를 좇게 했다.

"이허! 양 한 마리가 달아났는데

왜 이렇게 많은 사람들을 보내어 찾게 하는 걸까?"

양자가 말했다.

"갈림길이 너무 많아서 그렇습니다."

이웃 사람이 말했다.

잠시 후 양을 찾아 나섰던 사람들이 모두 되돌아왔다.

"그래, 양은 찾으셨소?"

양자가 물었다.

"놓치고 말았습니다."

이웃 사람이 침울한 목소리로 대답했다.
"어째서 양을 잃어버리고 말았소?"
"갈림길이 하도 많은 데다가 갈림길마다 또 갈림길이 있으니,
양이 달아난 곳을 도저히 찾을 수가 없었습니다.
양을 찾으러 갔던 사람들이
할 수 없이 되돌아오고 말았습니다."
이 말을 듣고 양자는 입을 꾹 다물고, 하루 종일 웃지도 않았다.
"양 한 마리쯤 잃어버린 건 그리 대단한 일도 아니잖아요.
게다가 그 양은 선생님 양도 아닌데
무엇 때문에 그리 상심하십니까?"
제자가 물었다.
"양 한 마리를 잃어버려 그런 게 아닐세.
나는 우리가 학문을 닦는 것을 생각해서 그러는 걸세.
만약 학문을 닦는 우리들이 정신을 가다듬지 않고
이것도 집적 저것도 집적한다면
갈림길에서 양을 찾는 것과 그 무엇이 다르겠는가."
양자가 대답했다.

『열자』

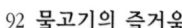

산비둘기를 바치다

한단(邯鄲)지방에 백성들이 정월 초하룻날 아침에
산비둘기를 붙잡아 임금에게 바치는 풍습이 있었다.
임금은 비둘기를 잡아온 사람들에게 상을 후하게 내렸다.
임금은 그 비둘기들을 살려보냈다.
"임금님께서는 어찌하여 산비둘기들을 다 놓아주는 겁니까?"
어떤 사람이 임금에게 물었다.
"정월 초하룻날 아침에 살아 있는 것을 놓아줌으로써
백성들에게 은혜가 있음을 보여주는 것이오."
임금이 대답하였다.
"임금님께서 붙잡아온 산비둘기들을 살려보낸다는 말씀을 듣고
백성들은 앞을 다투어 산비둘기를 붙잡습니다.
산비둘기를 붙잡는 것도 적지 않으오나
붙잡다 죽이는 것도 적지 않습니다.

임금님께서 만일 산비둘기들을 살려주시려거든
애당초 백성들이 산비둘기를 못잡게 하시는 것이 좋습니다.
그러하지 않고 산비둘기들을 잡아오게 한 다음 놓아버린다면
오히려 많은 산비둘기들을 죽여버리게 됩니다.
붙잡았다가 날려보내면 베푼 은혜와 손실이 반반이 되어
아무런 보탬이 되지 않습니다."
어떤 사람이 말했다.
"그렇군요."
임금이 고개를 끄덕였다.

『열자』

주인을 몰라보고 짖어대는 개를 때리려 하다

양주楊朱의 아우 중에 양포楊布라는 사람이 있었다.

하루는 양포가 흰 옷을 입고 집을 나섰다.

돌아올 때 비가 와서 흰 옷이 흠뻑 젖었다.

양포는 친구네 집에 들러 옷을 빌려 입었다.

그 옷은 검은 색이었다.

그리하여 흰옷을 입고 집을 떠난 양포는

검은 옷을 입고 집으로 돌아왔다.

그러자 그 집 개가 양포를 알아보지 못하고 맹렬하게 짖어댔다.

양포는 화가 나서 그 개를 때려주려 하였다.

"때리지 말아라. 너도 역시 우리 개와 같을 지도 모른다.

조금 전까지만 해도 우리 개는 흰색이 아니냐.

그런데 우리 개가 어디를 나갔다가 검은 개가 되어 돌아온다면

어찌 괴이하다 여기지 않을 수 있겠느냐?"

양주가 타일렀다.

『열자』

왕의 사랑이 미움으로 변하다

위衛나라에 미자하彌子瑕라는 사람이 있었다.

그는 왕의 총애를 받았다.

위나라 법에는 임금의 수레를 몰래 타면 다리를 잘리는
형벌을 받게 되어 있었다.

미자하는 한밤중에 어머니가 위독하다는 전갈을 받았다.

미자하는 왕의 명령이라 속이고 임금의 수레를 타고 나섰다.

이 소식을 들은 벼슬아치들은
미자하의 다리가 성치 않을 것이라고 수근거렸다.

"정말로 효자로다. 어머니를 위하여
다리가 잘리는 형벌도 마다하지 않는다니."

뜻밖에도 왕이 미자하를 칭찬했다.

어느 날이었다.

미자하가 왕을 모시고 후궁의 과수원을 노닐 때였다.

미자하는 잘 익은 복숭아를 따서 한입 베어 물었다.
아주 달고 맛있다고 하면서 반쯤 남은 복숭아를
왕에게 건네주었다.
"미자하는 나를 정말로 사랑하는구나.
맛있는 걸 맛보일 생각으로 침이 묻은 것도 잊어버리다니!"
왕이 말했다.
몇 년의 세월이 흘러갔다.
왕의 총애도 점점 시들어갔다.
그런데 미자하가 왕에게 잘못을 저질렀다.
"이 놈은 언젠가 무엄하게도 나를 속이고
나의 수레를 몰래 탄 적이 있었고,
또 자기가 먹다 남은 복숭아를 먹게 한 일이 있다."
왕은 미자하의 죄를 따졌다.
미자하의 행동에는 변한 것이 없었다.
다만 왕의 사랑이 미움으로 변했기 때문에
전에 어질다고 여겨졌던 것이 나중에는 죄로 된 것이다.

『한비자』

상자는 사고 진주는 돌려주었다

초나라의 어떤 장사꾼이 정나라로 진주를 팔러 갔다.
그는 목련나무로 상자를 정성스레 다듬어 짜기 시작했다.
겉면에 아름다운 구슬과 비취를 새겨 아름답게 장식하고,
계초桂椒 같은 고급 향료를 뿌려 향기를 더했다.
정나라의 어떤 사람이 그 진주를 담은 상자가
정교하고 아름답기 짝이 없는 것을 보고,
비싼 값을 치르고 샀다.
그리고 상자만 가지고 진주는 장사꾼에게 돌려주었다.

『한비자』

쓸모 없는 다섯 가지 재주

들판에 날다람쥐라는 작은 동물이 살고 있었다.
날다람쥐는 날기, 달리기, 헤엄치기, 나무에 기어오르기,
굴 파기 등 다섯 가지의 재주를 가지고 있었다.
그러나 재주는 많았지만 한 가지도 제대로 할 줄 몰랐다.
날 줄 알았다.
그러나 지붕 꼭대기에도 날지 못했다.
헤엄칠 줄 알았다.
그러나 좁은 냇물도 건너지 못했다.
나무에 기어오를 줄 알았다.
그러나 꼭대기에까지 올라가지 못했다.
달릴 줄 알았다.
그러나 사람보다 빠르지 못했다.
굴을 팔 줄 알았다.

그러나 깊게 파지는 못했다.
다섯 가지 재주를 가지고 있다고는 하나
제대로 쓸 만한 것이 하나도 없었다.

『순자荀子』

모를 잡아 당겨 키우기

송나라에 성질이 급한 사람이 있었다.
그는 논에 심은 벼가 싹이 자라지 않는 것을 안타깝게 여겼다.
어느 날 논으로 갔다.
벼 포기를 조금씩 모두 위로 잡아당겨 놓았다.
그는 피곤한 모습으로 집으로 돌아왔다.
"오늘은 지쳤다. 싹이 자라는 것을 돕느라 애먹었다."
그가 말했다.
벼의 싹이 자라는 것을 도와주었다는 말을 들은
그의 아들은 논으로 뛰어갔다.
싹은 말라 있었다.

『맹자』

천리마를 구하는 법

옛날 천 금을 주고라도 하루에 천리를 간다는
천리마를 구하고자 하는 왕이 있었다.
그러나 3년의 세월이 흐르도록 천리마를 구할 수 없었다.
"제가 구해 가지고 오겠습니다."
신하 한 사람이 왕에게 말했다.
왕은 그에게 돈을 주어 말을 사러 보냈다.
그는 삼 개월만에 천리마가 있는 곳을 알아냈다.
그는 그곳으로 갔다.
그러나 그 말은 이미 죽고 없었다.
그는 5백 금을 주고 죽은 말의 머리를 사가지고 돌아왔다.
"내가 가지고 싶은 것은 살아 있는 말이지 죽은 말이 아니다.
죽은 말을 5백금이나 주고 사오는 바보가 어디에 있는가?"
왕은 몹시 화를 냈다.

"세상 사람들은 틀림없이 이렇게 생각할 것입니다.
왕께서는 죽은 말도 5백금을 주고 사는데
살아 있는 명마를 구하기 위해서는
돈을 아끼지 않을 것이라는 것을 알게 되어
스스로들 끌고 올 것입니다."
신하가 말했다.
과연 왕은 1년도 채 지나지 않아
천리마 세 필을 구할 수 있었다.

『전국책』

굴뚝새와 철쭉

남쪽 지방에 새가 있다. 그 이름은 굴뚝새이다.
갈대 이삭 위에 깃털과 머리카락으로 둥지를 튼다.
바람이 심하게 불어왔다.
갈대가 부러졌다.
둥지가 땅에 떨어졌다.
알이 깨지고, 새끼는 죽었다.
서쪽 지방에 나무가 있다. 그 이름은 철쭉이다.
줄기의 길이는 네 치밖에 안 된다.
백 길이나 되는 깊은 골짜기를 내려다보며
높은 산꼭대기에서 자란다.
사람들은 멀리서 바라보기만 할 뿐 꺾을 수 없다.

『순자』

뱀들이 신으로 가장하다

가뭄이 계속되었다. 연못이 말랐다.
그곳에 살던 물뱀들은 다른 곳으로 옮겨가지 않으면 안되었다.
"네가 앞장 서서 기어가고 내가 뒤를 따라 기어가면
사람들이 그저 평범하게 뱀들이 지나가는구나 생각하고
우릴 잡아 죽일 것이다.
내가 너의 꼬리를 물고 네가 나를 업고 기어가면,
사람들이 놀라며 우리를 신으로 여길거야."
작은 뱀이 말했다.
"그것 참 좋은 생각이야."
큰 뱀이 대꾸했다.
큰 뱀이 작은 뱀을 업고 작은 뱀은
큰 뱀의 꼬리를 물고 큰길로 기어갔다.
"신이 지나간다."

사람들은 놀라 사방으로 달아나며 소리쳤다.

『한비자』

무엇을 그리는 것이 가장 어려운가?

"무엇을 그리는 것이 가장 어려운가?"
제나라 왕이 물었다.
"개나 말을 그리는 것이 가장 어렵습니다."
화가가 대답했다.
"그렇다면 무엇을 그리는 것이 가장 쉬운가?"
제나라 왕이 물었다.
"도깨비를 그리는 것이 가장 쉽습니다.
개나 말은 사람들이 날마다 보는 것이기에
사람들이 잘 알고 있으므로 조금만 잘못 그려도 알아챕니다.
그러나 도깨비는 형체가 없어 사람들이 본 적이 없기 때문에
내 맘대로 그리기가 쉽고 아무도 이렇다저렇다
평가할 수 없습니다."
화가가 대답했다.

『한비자』

멍에

정현鄭縣의 어떤 사람이 멍에를 한 개 얻었다.
그러나 그는 그것의 이름을 몰랐다.
"이게 무엇이요?"
그가 동행자에게 물었다.
"그건 멍에요."
동행자가 대답했다.
그들은 계속 길을 걸었다. 또 멍에 한 개를 얻게 되었다.
"이게 무어요?"
그가 동행자에게 물었다.
"그건 멍에요."
동행자가 대답했다.
그러자 그가 화를 벌컥 냈다.
"아까도 멍에라고 대답하더니 또 멍에라고 대답하니

멍에가 어떻게 그렇게 많을 수가 있나?
이건 분명히 나를 속이는 거다."
그가 욕을 퍼부으며 동행자에게 대들었다.

『한비자』

내 헌 바지와 같이 만드시오

정현鄭縣에 복자卜子라는 사람이 살고 있었다.
어느 날 그는 아내에게 바지를 만들라고 했다.
"새 바지는 어떻게 만들지요?"
아내가 장롱에서 옷감을 꺼내면서 물었다.
"내 헌 바지와 같이 만드시오."
그가 짧게 대답했다.
아내는 바지를 만든 다음 이리저리 구멍을 내고 기웠다.
남편이 입고 있는 헌 바지와 똑 같았다.
아내는 그것을 남편에게 주었다.

『한비자』

북소리

초나라 여왕厲王이 백성들에게 나라에 긴급한 일이 생기면
북을 쳐서 알릴 테니 북소리를 들으면
즉시 궁궐 문 앞에 모여야 한다는 명령을 내렸다.
한번은 여왕이 술에 취하여 북을 마구 쳐댔다.
백성들은 놀라 궁궐 문 앞으로 모여 들었다.
여왕은 벼슬아치를 궁궐 문 앞으로 보냈다.
"임금님께서 술에 취해 심심풀이로 북을 친 거다."
벼슬아치가 말했다.
백성들은 놀란 가슴을 쓸어내리며 집으로 돌아갔다.
그 후 몇 달이 지나갔다.
초나라에 긴급한 일이 발생했다.
"북을 쳐라."
여왕이 명령했다.

둥둥둥둥.
북소리가 울려퍼졌다.
"임금님이 또 심심풀이로 북을 치시는가봐."
백성들은 아무도 궁궐 문 앞에 모이지 않았다.

『한비자』

제3부 | 수레바퀴장이 노인

술집의 사나운 개

송나라에 술을 파는 사람이 있었다.
술맛이 좋을 뿐 아니라, 양도 아주 정확했다.
뿐만 아니라 손님에게 접대도 살뜰히 하였다.
그러나 주점의 깃발을 높이 내다 걸어도 술이 팔리지 않았다.
빚어낸 술이 한독한독 창고에 쌓이게 되었다.
오랜 시일이 지나자, 술맛이 변해버리고 말았다.
주인은 아무리 생각해봐도 그 이유를 알 수 없었다.
평소 가까운 양천이라는 노인을 찾아갔다.
"우리 가게는 술맛도 좋고 값도 싸며
손님 접대도 살뜰하게 하는데 왜 술이 잘 팔리지 않지요?"
주인이 물었다.
"당신 집에서 기르는 개가 무척 사납지요?"
양천이 되물었다.

"우리집 개가 사납긴 합니다만…… 왜 술이 팔리지 않습니까?"
주인이 대답했다.
"사람들이 두려워 하기 때문이지요.
사람들은 어린이들에게 돈을 주어 주전자를 들고
당신네 가게에 술을 사러 보내지요.
그런데 개가 으르렁거리며 달려와서 그 아이를 문단 말입니다.
그러니 술이 팔릴 리가 없지요."
양천이 말했다.

『한비자』

사직단의 쥐

"나라를 다스리는 데 있어서 가장 큰 근심거리는 무엇입니까?"
경공景公이 물었다.
"가장 큰 근심거리는 사직단의 쥐입니다."
안자晏子가 대답했다.
"무슨 뜻입니까?"
경공이 되물었다.
"사직단은 나무를 얽어 묶고,
그 위에 흙을 발라 만들었습니다.
쥐란 놈은 사직단에다 굴파기를 제일 좋아하지요.
사람들은 쥐가 그곳에다 굴을 팠다는 것을
빤히 알고 있지만 쥐를 못잡습니다.
쥐를 잡으려 불을 피우자니 그 나무가 다 탈까 두렵고,
물을 들이부어 잡자니 그 흙이 무너질까봐 건드리지 못합니다.

쥐는 그곳에서 편안하게 살 수 있습니다.
사직단의 쥐는 제일 무서운 것입니다."

『안자춘추』

스스로 허물을 뒤집어 쓰다

제나라의 안자가 초나라에 사신으로 가게 되었다.

초나라 왕은 이 소식을 듣고

일부러 안영을 골려주려고 마음먹었다.

"안영은 제나라 사람 중에 말 잘하는 인물로 소문나 있다.

안지를 골러주고 싶은데 어떻게 하면 될까?"

왕이 신하들에게 물었다.

"안자가 오면 제가 한 사람을 결박하여

임금님 곁을 지나가겠습니다.

그때 임금님께서는,

'무엇하는 자냐?' 고 물으십시오.

그러면 제가, '제나라 사람입니다' 라고 대답하겠습니다.

다시 '무슨 죄를 졌는고?' 하고 물으십시오.

그러면 제가, '도둑질하다가 붙잡혔습니다.'

라고 대답하겠습니다."

벼슬아치 하나가 계책을 말했다.

안자가 도착했다.

초나라 왕이 그를 위해 술상을 마련하였다.

한창 권커니자커니 흥에 넘쳐 술을 마시고 있을 때였다.

두 명의 벼슬아치가 한 사람에게 오라를 지워가지고

왕 앞으로 다가왔다.

"이 놈은 무슨 죄를 졌는고?"

왕이 물었다.

"저놈은 제나라 사람인데 도둑질하다가 붙잡혔습니다."

벼슬아치가 대답했다.

"제나라 백성들은 본래 도둑질하는 데 이골이 났는가 보지요?"

왕이 안자를 돌아보며 물었다.

"제가 듣기로 귤나무가 회수 남쪽에서 자라면 귤이 되지만,

회수 북쪽에 옮겨 심으면 탱자가 된다고 합니다.

겉모양새로 보면 귤과 탱자는 잎 모양새가 서로 비슷할 뿐,

그 열매맛은 전혀 다르다고 합니다.

그렇게 되는 이유가 무엇이겠습니까?

이 나라의 풍토가 사람으로 하여금

도둑질하게 만드는 건 아닐까요."

안자가 일어나서 대답했다.

"······."

왕은 말문이 막히고 말았다.

『안자춘추』

멀리 있는 물로는 가까이 있는
작은 불조차 끄지 못한다

제나라와 노나라는 서로 이웃하고 있었다.
그런데 노나라 왕 목공穆公은
이웃나라인 제나라와 동맹을 맺으려 하지 않고
그의 아들 딸들을 노나라에서 먼 진晉나라와 초나라에 보내
노나라가 위급할 때 그들의 도움을 얻으려 하였다.
"어떤 사람의 아들이 큰 강물에 빠졌는데,
그 아버지가 월나라에 달려가 구원을 요청한다고 합시다.
월나라에 제아무리 헤엄을 잘치는 사람이 있다 한들
월나라가 멀리 떨어져 있기 때문에 그 아들은 살지 못할 겁니다.
그리고 어떤 지방에 불이 났을 때 불을 끄고자 바다에 가서
물을 퍼 오려고 한다면 바닷물이 아무리 많다고 해도

불을 끌 수가 없습니다.
멀리 있는 물로는 가까이 있는 작은 불조차 끌 수 없기 때문입니다.
지금 진나라와 초나라가 강대하다고는 하지만
제나라는 우리 이웃에 있는 대국大國입니다.
우리가 제나라와 동맹을 맺지 않는다면
실제로 매우 위험합니다."
여서라는 벼슬아치가 목공에게 아뢰었다.

『한비자』

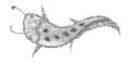

형제의 나라를 치라 하다니

옛날 정나라 왕 무공이 호胡나라를 빼앗고자 하였다.
무공은 먼저 딸을 호나라의 왕에게 시집보냈다.
호나라의 왕은 기뻐 어쩔 줄 몰랐다.
무공이 벼슬아치들을 소집했다.
"나는 군사를 동원하고자 하는데
어느 나라를 정벌하는 게 좋겠는가?"
무공이 물었다.
"……."
벼슬아치들은 서로 얼굴만 쳐다볼 뿐 감히 대답하지 못했다.
그때 대부 벼슬자리에 있는 관기사關其思가 앞으로 나아갔다.
그는 평소에 무공이 호나라를 집어삼킬
마음을 먹고 있다는 것을 잘 알고 있었다.
"호나라를 치는 게 좋겠습니다.

관기사가 말했다.

"호나라는 우리와 형제의 나라이다.

그대가 호나라를 치라 하니 그게 무슨 말이냐?"

무공이 몹시 화를 냈다.

"……."

관기사의 얼굴빛이 흙빛이 되었다.

"어서 저놈을 끌어내 목을 베어 본보기로 삼아라."

무공이 소리쳤다.

이 소식이 호나라에 전해졌다.

호나라 왕은 정나라가 자기 나라와 친하다고 생각했다.

날이 갈수록 정나라에 대한 경계가 느슨해졌다.

마침내 군사 훈련도 하지 않게 되었다.

이러한 사실을 보고받은 무공은

호나라를 기습공격하도록 명령했다.

정나라는 호나라를 손쉽게 집어삼킬 수 있었다.

『한비자』

상아를 닥나무 잎사귀처럼 깎아 바치다

송나라에 어떤 사람이
상아를 닥나무의 잎사귀처럼 깎아 왕에게 바쳤다.
그것은 꼬박 삼 년이 걸려 완성한 것이었다.
잎사귀의 크기, 잎자루, 잎맥 그리고 색깔이 모두 정교하여
닥나무 잎사귀 사이에 두어도 분간하기 어려울 정도였다.
이 이야기가 열자列子의 귀에 전해졌다.
"만일 천지 자연이 삼 년이 걸려서
겨우 잎사귀 하나를 만들어 낸다면
세상의 만물 중에서 잎사귀를 가진 존재는
하나도 없을 것이다."
열자가 말했다.

『한비자』

불사약

어느 날 어떤 사람이 불사약不死藥을 초나라 왕에게 바쳤다.
알자(왕을 알현하는 데 관계된 일을 맡아보는 벼슬아치)가
그 약을 가지고 궁궐로 들어가는 중이었다.
"먹어도 괜찮은 것이냐?"
중사지사(궁궐을 지키는 벼슬아치)가 물었다.
"그렇다."
알자가 대답했다.
그러자 중사지사가 그 약을 빼앗아 먹었다.
왕은 몹시 화가 났다.
중사지사를 사형에 처하도록 했다.
"중사지사는 '먹어도 괜찮은 것이냐?' 라고 물었더니,
알자가 '먹어도 된다.' 고 하여 먹었다는 것입니다.
그러므로 자기에겐 죄가 없으며

죄가 있다면 알자에게 있다는 것입니다.
그리고 불사약이라고 바친 것을 중사지사가 먹었는데
왕께서 그를 죽이신다면 세상 사람들에게
우리 왕은 왕을 속이는 사람을
내버려 둔다는 것을 알리는 꼴이 됩니다."
중사지사는 다른 사람을 시켜 왕에게 변명했다.
초나라 왕은 그를 풀어주었다.

『한비자』

피리 부는 입내를 내다

제나라 선왕宣王은 피리 소리 듣기를 매우 좋아했다.

그는 피리 연주를 들을 때마다

반드시 3백명이 한꺼번에 연주하도록 했다.

남곽南郭처사는 본래 피리를 불 줄 모르는 사람이었다.

그러나 그는 기회를 엿보고 있다가

선왕을 찾아가 피리를 부는 악대에 넣어달라고 간청하였다.

선왕은 그의 간청을 받아들였다.

남곽처사는 피리를 불 때마다 능청스레 부는 입내를 내었다.

선왕이 죽고 민왕泯王이 왕위에 올랐다.

민왕은 피리를 한 사람씩 연주하는 것을 좋아했다.

남곽처사는 자신의 실력이 들통이 날까봐 두려워 도망쳤다.

『한비자』

선수를 쓰다

주나라의 재상인 여창이 언변가를
주나라 왕에게 알현시킬 기회를 주선해 놓았다.
이 이야기가 전 재상인 공사적의 귀에 들어갔다.
그는 언변가가 자기를 헐뜯을까 염려했다.
그는 주나라 왕에게 사람을 보냈다.
"이번의 언변가는 변론을 잘하는 사람입니다.
하오나 한 가지 흠은 공연히 사람을 헐뜯는다는 점입니다."
그가 주나라 왕에게 말했다.

『전국책』

아침에는 세 개씩 주고 저녁에는 네 개씩 주다

저공狙公이라는 송나라 사람이 있었다.

그는 많은 원숭이를 기르고 있었다.

날이 감에 따라 원숭이와 마음이 통할 정도였다.

그러므로 그는 집안식구들의 입은 채우지 못해도

원숭이에게만은 배불리 먹였다.

그러나 갑자기 먹이가 떨어졌다.

그는 원숭이 먹이를 줄일 수밖에 없었다.

그렇게 하면 원숭이들이 자기를 따르지 않을까봐 염려되었다.

"너희들에게 날마다 도토리를 아침에는 세 개씩 주고,

저녁에는 네 개씩 주겠다."

그가 도토리를 원숭이들에게 주면서 말했다.

듣고 있던 원숭이들이 입을 짝 벌리고 화를 냈다.

"그럼 아침에는 네 개씩 주고, 저녁에는 세 개씩 주겠다.

괜찮겠지?"
이 달콤한 말에 원숭이들은 매우 흐뭇해 했다.

『장자』

스스로 모순에 빠지다

방패와 창을 파는 초나라 사람이 있었다.
"내 방패는 견고합니다.
아무리 좋은 창이라도 그것을 뚫을 수 없습니다."
사내가 방패를 치켜들고 자랑했다.
뒤이어 사내가 방패를 내려놓더니 창을 들었다.
"내 창은 아주 날카롭습니다.
아무리 튼튼한 방패라도 찌르기만 하면 다 꿰뚫고 나갑니다."
사내가 창을 치켜들고 자랑했다.
"당신의 말대로 하면 당신이 파는 창이 제일 날카로와서
아무리 튼튼한 방패라도 다 뚫을 수 있겠지요.
그리고 당신이 파는 방패 역시 제일 튼튼하여
아무리 날카로운 창이라도 다 뚫을 수 없지 않소.
그러면 당신의 창으로 당신의 방패를 뚫으면

어떻게 되겠습니까?"
어떤 사람이 말했다.
"……"
사내는 아무 말도 하지 못했다.

『한비자』

북을 내던진 어머니의 정

공자의 제자인 증삼曾參이 늙은 어머니와 작별하고
고향을 떠나 비성費城으로 갔다.
비성에는 증삼과 똑 같은 성과 이름을 가진 사람이 있었다.
그가 사람을 죽였다.
어떤 사람이 이 소문을 듣고 증삼의 어머니에게로 갔다.
그녀는 베틀에 앉아 베를 짜고 있었다.
"큰일 났어요. 증삼이가 사람을 죽였소."
어떤 사람이 말했다.
"내 아들이 사람을 죽일 리 없소."
증삼이 어머니가 대꾸했다.
그녀는 조금도 동요하는 기색 없이 베를 짰다.
얼마 후였다.
또 어떤 사람이 찾아왔다.

"증삼이가 사람을 죽였소."

그가 말했다.

"내 아들이 사람을 죽일 리 없소."

증삼이 어머니가 대꾸했다.

그녀는 태연스레 베만 짰다.

얼마 후였다.

또 어떤 사람이 달려왔다.

"어서 가보세요. 증삼이가 사람을 죽였소."

그가 말했다.

그제서야 증삼이 어머니는 북을 내동댕이쳤다.

그리고 베틀에서 벌떡 일어나 울타리를 뛰어 넘어 달려갔다.

『전국책』

양자강가 처녀의 항변

양자강가에 사는 처녀들이 등잔기름을 모아 불을 켜고
한곳에 모여 일을 했다.
어느 한 처녀는 집이 너무 가난하여 등잔기름을 살 수 없었다.
그러나 그녀는 늘 그들 속에 끼여 지냈다.
다른 처녀들이 의논을 하여 그녀를 따돌려 쫓아내려고 하였다.
"나는 등잔기름이 없기 때문에
날마다 먼저 와서 방을 쓸고 자리를 거두어
너희들이 편안히 앉아 일을 할 수 있도록 했다.
어째서 너희들은 주변 담벽을 비치는 남아도는
불빛까지도 아끼는 거니?
그 불빛을 내가 이용할 수 있도록 해주어도
너희들에게는 조금도 손해가 나지 않을 텐데……
나는 도리어 내가 너희들에게 쓸모가 있을 줄로 생각했는데……

그런데 어째서 나를 내쫓는 거니……."
그녀가 울먹이며 말했다.
다른 처녀들은 의논을 하기 시작했다.
"사실 생각해보니 그렇구나."
다른 처녀들은 그녀를 그냥 두기로 했다.

『전국책』

자신의 부족한 점은 자신이 잘 안다

제나라 위왕威王의 신하 가운데 추기鄒忌라는 사람이 있었다.
어느 날 아침,
그는 옷을 단정히 입고 갓을 똑바로 쓴 다음 거울 앞에 섰다.
"당신이 보기에 나와 성북에 사는 서공徐公 둘 중에서
누가 더 미남인 것 같소?"
추기가 아내에게 물었다.
"당신이 훨씬 미남이지요.
서공은 당신과 비교도 안되요."
아내가 대답했다.
성북의 서공이라는 사람은 제나라에서 소문난 미남자였다.
추기는 자기가 서공보다 잘났다는
아내의 말이 믿어지지 않았다.
"당신이 보기에 나와 성북에 사는 서공 둘 중에서

어느 쪽이 미남자일까?"
이번에는 첩에게 물었다.
"그 사람을 어떻게 당신과 비교할 수 있어요."
첩이 대꾸했다.
다음날 손님이 왔다.
"나와 성북에 사는 서공은 어느 쪽이 미남자인가?"
추기가 물었다.
"서공의 아름다움은 당신을 따르지 못합니다."
손님이 대답했다.
다음날 추기는 서공을 만났다.
여러 모로 바라보았지만 아무리 비교해 보아도
서공보다 잘난 데가 없었다.
추기는 다시 거울 앞에 섰다.
자기가 서공보다 못생겼다는 것을 깨달았다.
"아내가 아름답다고 한 것은
나를 덮어놓고 사랑하기 때문에 생긴 편견이고,
첩은 나를 두려워하기 때문에 내가 더 아름답다고 한 것이고,
손님이 나를 아름답다고 한 것은
나에게 부탁할 일이 있기 때문에 한 말이야."
추기가 혼잣소리처럼 말했다.

『전국책』

방향이 틀리면 목적지에 이르지 못한다

옛날에 어떤 사람이 중원지방에서 초나라로 가려 하였다.
초나라는 중원지방의 남쪽에 있었다.
"여보시오, 초나라로 가려면 남쪽으로 가야 하는데
당신은 왜 북쪽으로 갑니까?"
누군가가 그에게 말했다.
"상관없어요. 내 말이 빨리 달리거든요."
그가 퉁명스레 대답했다.
"당신 말이 아무리 빨라도
이 쪽으로 가면 초나라로 갈 수 없소."
"여비도 충분합니다."
"아무리 여비가 충분해도
이 방향으로 간다면 절대로 초나라로 갈 수 없습니다."
"마부가 말을 잘 몰아 괜찮습니다."

말이 빨리 달리는 데다, 말을 모는 기술이 뛰어나,
그는 초나라로부터 점점 멀어져 갔다.

『전국책』

사냥개와 토끼

한자로韓子盧는 세상에서 가장 빨리 달리는 사냥개였다.
그리고 동곽준東郭逡은 세상에서 제일 영리한 토끼였다.
토끼가 산등성이를 넘어갔다.
사냥개가 뒤쫓아갔다.
산등성이를 세 번 돌았다.
다시 산을 다섯 번 오르내렸다.
쫓기는 토끼가 지칠대로 지쳤다.
쫓아다닌 사냥개도 지칠대로 지쳤다.
마침내 사냥개가 쓰러졌다. 토끼도 쓰러졌다.
이것을 본 농부가 토끼와 사냥개를 집어갔다.

『전국책』

꿈인 줄 모르는 꿈

꿈속에서 술을 마시며 즐기던 사람이
아침이 되어 소리 높여 운다.
꿈속에서 슬피울던 사람이 아침이 되어 사냥을 떠나기도 한다.
한창 꿈을 꾸고 있을 때는 그것이 꿈인 줄 모른다.
또한 꿈 속에서 꿈이 아닌가 하고 생각하는 수도 있다.
잠에서 깨어나서야 꿈이라는 것을 비로소 안다.
크게 깨달은 뒤에라야 이것이 큰 꿈인 줄 알게 된다.
그러나 어리석은 사람들은 스스로 깨달았다고 여겨
잘 아는 체하며 임금이다 종이다 한다.
어리석은 일이 아닌가.

『장자』

정신의 칼로 소를 잡는 백정

어떤 백정이 문혜왕文惠王을 위하여 소를 잡은 일이 있었다.
손으로 붙들고 어깨로 밀며 발로 밟고
무릎으로 누르며 칼질을 한다.
쓱쓱하는 소리와 함께 가죽과 뼈가 떨어져 나갔다.
칼질 소리와 함께 소의 몸뚱이는 갈라진다.
그 소리는 가락에 들어맞았다.
몸놀림은 탕임금이 즐겨 춘 춤에 못지 않고
경수요임 때 지은 함지의 악장에 가까웠다.
"아아, 훌륭하다. 기술이 이런 지경에까지 이를 수가 있는가?"
문혜왕이 말했다.
"제가 즐기는 것은 기술이 아닙니다.
도입니다.
기술에 앞서는 것입니다.

처음에는 눈에 보이는 것이 모두 소로 보였습니다.
그러나 3년이 지난 후에는 소를 보아도
소의 모습이 보이지 않았습니다.
그런데 오늘에 와서 저는 마음으로 소를 봅니다.
눈으로 보지 않습니다.
감각이 멈춰버리고 마음만 작용하고 있습니다.
소 몸뚱이 조직의 결을 따라서
뼈와 살이 늘어붙어 있는 틈을 젖히는 것이나
뼈마디에 있는 큰 구멍에 칼을 찔러 넣는 것이나
모두 자연의 이치를 따라 합니다.
그래서 힘줄이나 질긴 근육에 칼이 부닥뜨린 적이
한번도 없습니다.
하물며 큰 뼈에 부딪치겠습니까?
훌륭한 백정은 1년에 한번씩 칼을 바꾸는데
그것은 살을 자르기 때문입니다.
보통 백성들은 달마다 칼을 바꾸는데
그것은 뼈를 자르기 때문입니다.
지금 저의 칼은 19년 동안이나 썼습니다.
이미 수천 마리의 소를 베었지만
칼날은 방금 쓴 것처럼 날카롭습니다.
소의 뼈마디에는 틈이 있는데 칼날에는 두께가 없습니다.

두께가 없는 것을 틈이 있는 곳에 넣기 때문에
칼날을 넉넉히 움직일 수가 있습니다.
그러므로 19년이나 되었어도
그것은 방금 숫돌에다 간 것처럼 보입니다.
하지만 저도 막상 뼈와 심줄이 한데 엉클어진 곳에 부딪치면
다루기 어렵다는 생각이 들기도 하여 조심을 합니다.
눈은 자세히 살피게 되고
손놀림은 더욱 더뎌져 칼을 놀리는 것도 매우 미묘해집니다.
그러면 후두둑 뼈와 살이 떨어져
마치 흙덩이가 무너져 내린 것 같습니다.
그러면 칼을 손에 들고 일어서서
주위를 둘러보며 만족해 합니다.
그리고는 칼을 씻어 칼집에 넣습니다."
백정이 칼을 놓고 말했다.
"참으로 훌륭하다.
나는 백정의 말을 듣고서 삶을 기르는 방법을 터득하였다."
문혜왕이 말했다.

『장자』

수레바퀴장이 노인

제나라 환공桓公이 대청 위에서 글을 읽고 있었다.
마침 수레바퀴를 만드는 것을 직업으로 하는
편이라는 노인이 대청 아래에서 수레바퀴를 깎고 있었다.
그는 망치와 끌을 놓고서 대청으로 올라갔다.
"감히 여쭈어보겠습니다만
임금님께서 읽고 계신 것이 무슨 책입니까?"
편이 물었다.
"성인의 말씀이시다."
환공이 대답했다.
"그 성인은 지금 살아계십니까?"
"이미 예전에 돌아가셨다."
"그렇다면 임금님께서 읽고 계신 것은 옛사람의 찌꺼기이군요."
편이 말했다.

"내가 책을 읽고 있는데 수레바퀴나 깎는 네놈이
어찌 이러쿵저러쿵 말참견을 할 수 있단 말이냐?
뭐, 할 말이 있으면 해보라.
올바른 근거가 있다면 살려주겠지만
근거가 없으면 죽음을 면치 못할 것이다."
환공이 말했다.
"제가 하고 있는 일에 견주어 말씀을 드리자면,
수레바퀴를 깎을 때 너무 많이 깎으면
헐렁해져 견고하게 되지 않고,
덜 깎으면 너무 조여서 들어가지 못합니다.
그러므로 헐겁지도 않고 빡빡하지도 않게 하는 것은
손으로 익혀 마음으로 짐작할 뿐 말로는 표현할 길이 없습니다.
거기에는 익숙한 단련된 기술이 있는 것인데
저는 그것을 자식에 가르칠 수가 없고
자식도 나에게 배우지를 못하고 있습니다.
이렇게 제 나이 70이 되도록 수레바퀴를
손수 깎고 있는 것입니다.
옛날의 성인들도 마찬가지로
깨달은 바를 전하지 못하고 죽어갔을 것입니다.
그렇다면 임금님께서 지금 읽고 계신 그 글도
옛 사람들의 찌꺼기가 아니겠습니까."

편이 말했다.

『장자』

장님과 귀머거리

"묘고야산에 신인神人이 살고 있었답니다.
그 살결은 얼음이나 눈처럼 희고 나긋나긋하기가
처녀 같았습니다.
오곡은 먹지 않고 바람과 이슬을 마셨으며,
구름을 타고 나는 용을 몰며
멀리 이 세상 밖에까지 나가 자유롭게 노닌딥니다.
그가 정신을 집중하면
만물이 병들지 않고 곡식들도 잘 여문다는 것입니다.
나는 하도 허황된 이야기인지라
믿을 바가 못 된다고 생각합니다."
견오肩吾가 접여接輿에게 들었다는 이야기를 늘어놓았다.
"그럴 것입니다.
장님은 빨강 파랑 등 색깔의 아름다움을 식별할 수 없고,

귀머거리는 종소리나 북소리 등
아름다운 소리를 듣지 못합니다.
이와 같은 장님과 귀머거리는 육체에만 붙어 있는 것이 아니고
마음에도 있는 것입니다.
이 말은 바로 당신을 두고 하는 말입니다.
그 신인은 만물을 뒤덮을 만한 덕을 가지고 있는 것입니다.
세상살이가 스스로 다스려지도록 되어 있다면
누가 수고로이 천하를 위하여 일하겠습니까?
그 사람은 어떤 것으로도 해칠 수가 없습니다.
홍수가 나서 하늘까지 닿아도 그는 빠지지 않을 것이고,
큰 가뭄이 들어 쇠와 돌이 녹아 흐르고
흙과 산이 탄다고 해도 뜨거워 하지 않을 겁니다.
그 사람은 먼지나 때나 벼쭉정이나 쌀겨 같은
지극히 보잘것없는 것들을 가지고
요임금이나 순임금 같은 성인들을
마음대로 만들어 낼 수 있는데,
어찌 세속의 일에 관계하려 들겠습니까?"
연숙이 말했다.

『장자』

늙은 말의 지혜

제나라 환공桓公에게는 명 재상 관중管仲과 습붕隰朋,
두 사람이 있었다.
어느 해 환공은 이 두 사람을 거느리고
고죽국孤竹國을 치기로 했다.
군사를 이끌고 갈 때는 봄이었으나 돌아올 때는 겨울이 되었다.
날은 추웠다. 지리에 익숙하지 못한 데다 너무 피로하였다.
돌아오는 길에 그만 길을 잃고 말았다.
"늙은 말은 지혜가 많은 동물입니다.
늙은 말을 앞세우십시오."
관중이 말했다.
환공은 늙은 말을 풀어놓게 했다.
군사들이 그 뒤를 따라갔다.
마침내 길을 찾을 수 있었다.

군사들이 황량한 산악지대에 이르렀다.

여러 날이 되도록 마실 물을 찾을 수 없었다.

군사들은 목이 말라 한 걸음도 움직일 수 없었다.

"개미란 겨울엔 양지쪽에, 여름엔 음지쪽에 집을 짓는 법이다.

개미집이 있으면 그 밑을 파면 반드시 물이 있다."

습붕이 말했다.

군사들이 개미집을 찾아 땅을 팠다.

과연 물이 나왔다.

어려운 일을 겪을 때 관중과 습붕 같은 사람들은

늙은 말이나 개미에게서 배우는 것도 부끄럽게 여기지 않았다.

『한비자』

변방 노인의 화복

옛날 중국 북쪽 국경 지방에 점술占術에 능한
늙은이가 살고 있었다.
어느 날 아무 이유 없이 늙은이의 말이
도망가서 오랑캐 땅으로 들어갔다.
이웃사람들이 딱하게 여겨 위로 하러 왔다.
"이것이 어찌 복福이 되지 않는다고 말할 수 있겠소."
늙은이가 말했다.
몇 달이 지났다. 어떻게 된 영문인지 그 말이
오랑캐 땅의 말을 데리고 돌아왔다.
이웃사람들이 찾아와 축하의 말을 했다.
"이것이 어찌 화禍가 되지 않는다고 말할 수 있겠소."
늙은이가 말했다.
늙은이의 집에는 말들이 득실거리게 되었다.

늙은이의 아들은 말 타기를 좋아했다.
얼마 있지 않다가 늙은이의 아들이 말을 타다가 떨어져
넓적다리 뼈가 부러졌다.
이웃사람들이 위로하러 왔다.
"이것이 어찌 복이 되지 않는다고 말할 수 있겠소."
늙은이가 말했다.
일 년이 지났다.
오랑캐가 대대적으로 국경 지방으로 쳐들어왔다.
마을의 젊은이들은 활을 들고 전쟁터로 나갔다.
열 사람이면 아홉 사람이 전쟁터에서 죽어갔다.
그러나 늙은이의 아들은 절름발이인 까닭에
전쟁터에 나가지 않았다.

『회남자淮南子』

누구를 원망하랴

제나라의 국씨國氏는 큰 부자였고,
송나라의 향씨向氏는 몹시 가난했다.
향씨는 제나라에 갔다.
"어떻게 하면 부자가 될 수 있소?"
향씨가 국씨에게 물었다.
"난 도둑질을 잘 하오.
날마다 남의 것을 훔치고 빼앗았오.
그랬더니 첫해에는 생활을 유지할 수 있게 되었고,
이태만에 풍족해졌으며,
삼년만에는 정말 곡식이 뒤주와 창고에 가득차게 되었다오."
국씨가 대답했다.
향씨는 기뻤다.
그러나 그는 국씨가 말끝마다 훔친다, 빼앗는다 하던 말만 듣고

무엇을 어떻게 훔치고 빼앗는가 하는 것은
알아듣지 못한 채 집으로 돌아왔다.
날이 저물자,
향씨는 남의 집 담을 뛰어넘어갔다.
벽에 구멍을 뚫고 들어가
눈에 보이고 손에 닿는 대로 훔쳐 집으로 가져왔다.
그러나 얼마 안 가서
그는 도둑질한 죄로 붙잡혀 관청으로 끌려갔다.
그는 훔친 물건은 물론 그의 조상으로부터 물려 받은
낡은 집과 재물마저 다 몰수당하였다.
감옥에서 나오자마자 향씨는 제나라로 국씨를 찾아갔다.
"도둑질하는 법을 잘못 가르쳐 난 망했소."
향씨가 국씨를 원망했다.
"당신은 어떻게 도둑질을 하였소?"
국씨가 물었다.
향씨는 자기가 한 그대로를 이야기했다.
"어허! 당신은 어찌하여 일을 이 지경에까지 이르게 하였소?
당신이 내가 말한 뜻을 그렇게까지 이해하지 못하고 들을 줄은
미처 생각하지 못했소.
지금부터 내가 어떻게 훔치고 빼앗는가를 말해 드리겠소.
나는 하늘에는 때가 있고,

땅에는 이로움이 있다고 들었소.

나는 하늘과 땅의 때와 이로움을 훔친 것이오.

무성한 수풀, 광활한 들판, 햇빛과 구름이며 안개

그리고 바람과 비, 이 모든 것들이 내가 훔치는 대상이오.

육지에서는 날아다니는 새들과 돌아다니는 짐승들을 잡고

하천에서는 고기와 자라들을 훔쳤소.

이런 것들은 본래부터 내 것이 아니오.

그러나 나는 모두 자연에서 그런 것들을 훔쳐오고 빼앗아 왔소.

그러나 나는 하늘의 것을 훔쳤기 때문에

당신과 같이 관청에 잡혀가는 불운을 겪지 않았소.

그런데 금과 옥과 진귀한 보배와 곡식과 비단과 재물은

모두 사람들이 자기의 노력으로 얻어 온 것이니

그것들은 오직 그들 개인에게 속할 뿐이오.

당신은 그런 것들을 훔치다가 관청에 잡혀갔으니

누구를 원망하겠소?"

국씨가 말을 끝냈다.

『열자』

못난 여자가 사랑을 받고, 예쁜 여자가 박대받다

양주楊朱가 송나라의 동쪽을 지나다가 여관에 들었다.
그 여관 주인에게는 두 사람의 첩이 있었다.
한 사람은 예쁘고 한 사람은 못났다.
양주가 가만히 보니 그 여관 주인한테 못난 여자는 사랑을 받고,
예쁜 여자는 박대를 당하고 있었다.
양주가 그 이유를 물었다.
"예쁜 여자는 자기 스스로를 예쁘다고 여겨서
나는 그녀가 예쁜 줄 모르겠고,
못난 여자는 자기 스스로 못났다고 여겨
나는 그녀가 못난 줄 모르게 된 것이오."
여관 주인이 말했다.

『열자』

죽지 않고 오래 사는 법

어떤 나그네가 연나라 왕에게 죽지 않고
오래 사는 법을 가르치려 하였다.
이 소식을 들은 연나라 왕은 몹시 기뻤다.
그는 급히 사람을 보내 배워 오도록 했다.
그러나 배우러 간 사람이 미처 다 배우지도 못한 채
그 나그네가 병으로 죽어버렸다.
배우던 사람은 풀이 죽어 돌아왔다.
"네가 너무 더디 배워서 일이 이렇게 되었으니,
너는 죽어 마땅하다."
연나라 왕은 불같이 화를 냈다.
연나라 왕은 그 나그네가 자기를 속인 것을 깨닫지 못하고서
배우던 사람을 처벌하였던 것이다.

『한비자』

제4부 | 달팽이 뿔 위에서 싸우다

다 배웠다고 생각하다

설담薛譚은 진秦나라의 유명한 가수였다.

그는 진청秦靑한테 한동안 노래를 배웠다.

그는 아직 기교를 다 배우지도 않고서

스스로 다 배웠다고 생각했다.

"이젠 돌아가겠습니다."

설담이 말했다.

"돌아가겠다고?"

진청이 물었다.

"네. 더 배울 것이 없거든요."

설담이 말했다.

"……"

진청은 굳이 말리지 않았다.

진청은 성 밖의 갈림길까지 설담을 전송했다.

"이제 이별하면 언제 다시 또 만날까. 내 한 곡조 부르겠네."
진청이 풀밭에 앉아 절節이라는 악기를 타면서 노래를 불렀다.
우렁찬 노래 소리가 숲과 나무를 뒤흔들었다.
그 울림소리는 하늘 높이 울려 퍼져 지나가는
구름까지 멎게 했다.
"스승님. 제가 아직 스승님의 재능을 못다 배웠습니다.
스승님에 비하면 전 아직도 초보자라는 걸 느꼈습니다."
설담이 무릎을 꿇었다.
설담은 진청과 함께 되돌아왔다.
그 뒤로는 평생토록 감히 집으로 가겠다는 말을 하지 않았다.

『열자』

기창이 활쏘기를 배우다

감승甘蠅은 옛날에 활을 잘 쏘던 사람이었다.

그가 활시위를 당기면 짐승들은 엎드리고 새들은 내려앉았다.

그 제자 중에 비위飛衛라는 사람이 있었다.

그는 감승에게 활쏘기를 배워 그 기교가 스승보디 나있다.

기창紀昌이라는 사람이 비위를 찾아갔다.

"활쏘는 재주를 배우고 싶습니다. 가르쳐 주십시오."

기창이 말했다.

"자네가 활을 잘 쏘려면

먼저 눈을 깜박거리지 않는 것부터 배우게."

비위가 말했다.

기창은 집으로 돌아왔다.

그의 아내가 베를 짤 때 그는 베틀 밑에 반듯이 누워

눈을 똑바로 뜨고 드나드는 북을 뚫어지게 바라보았다.

두 해가 지나갔다.
비록 송곳 끝이 눈동자에 떨어지더라도
눈을 깜박거리지 않게 되었다.
기창은 비위를 다시 찾아가, 그 사실을 말해 주었다.
"자넨 아직 멀었네.
다음에는 보는 것을 수련해야 하네.
아주 작은 사물이 큰 사물로 보이고
희미한 것이 뚜렷하게 보이게 된 후 나를 다시 찾아오게."
비위가 말했다.
기창은 가느다란 털오라기로 이를 동여매어 창문에 매달았다.
그리고 날마다 그 앞에 서서 뚫어지게 그것을 바라보았다.
그런지 열흘만에 차차 크게 보였다.
삼 년이 지나가자, 수레바퀴만하게 보였다.
기창은 비위에게로 달려갔다.
기창의 이야기를 들은 비위는 기뻐서 펄쩍 뛰었다.
"자네, 마침내 터득했네그려."
비위는 기창에게 활시위를 당기는 법과
활을 쏘는 법을 가르쳐주었다.
마침내 기창은 명궁名弓이 되었다.

『열자』

길가에 버려진 재산목록

어느 날 송나라 사람이 길을 가다가 길가에서
문서 한 장을 발견했다.
그것은 재산명세를 적어 놓은 문서였다.
그는 그것을 주어가지고 집으로 돌아와
보자기로 싸서 잘 간직해두었다.
그는 더 없이 기뻤다.
그는 그것을 보고보고 또 보았다.
그는 그것을 세고세고 또 세었다.
"하하, 내가 부자가 되는 건 시간문제야."
그가 이웃사람들에게 자랑했다.

『열자』

죽은 뒤에 쉬어라

"쉴 곳이 있었으면 합니다."
자공子貢이 배움에 싫증이 나자 공자에게 말했다.
"사람이 사는 동안에는 쉴 곳이 없는 법이다."
공자가 말했다.
"그렇다면 저에겐 쉴 곳이 없다는 말씀입니까?"
자공이 물었다.
"저 무덤을 바라보아라.
울룩불룩 솟아오른 것이 네가 쉴 곳임을 알 수 있지 않느냐?"
공자가 무덤을 가리키며 말했다.
"죽음이란 참으로 위대한 것이로군요.
군자에게는 휴식을 뜻하고
소인에게는 굴복을 뜻하니 말입니다."
자공이 말했다.

"자공아, 네가 그것을 알았구나.
사람들은 모두 삶의 즐거움을 알되 아직 삶의 괴로움을 모르며,
늙는 것이 힘들게 되는 것은 알지만
늙으면 편안함이 온다는 것을 알지 못하고 있다.
죽음에 대한 두려움만 알지
죽음이 휴식을 준다는 것은 모르고들 있다."
공자가 말했다.

『열자』

왜 스승으로 섬기고 있습니까?

"안회顏回의 사람 됨됨이는 어떻습니까?"
자하子夏가 공자에게 물었다.
"안회의 어진 행동은 나보다 낫지."
공자가 대답했다.
"자공子貢의 사람 됨됨이는 어떻습니까?"
"자공의 언변은 나보다도 낫지."
"자로子路의 사람 됨됨이는 어떻습니까?"
"자로의 용감함은 나보다 낫지."
"자장子張의 사람 됨됨이는 어떻습니까?"
"자장의 의젓함은 나보다 낫지."
"그렇다면 네 사람들은
왜 선생님을 스승으로 섬기고 있습니까?"
자하가 다시 공자에게 물었다.

"앉거라. 내가 너에게 이야기해 주마.
안회는 어진 행동을 하지만 고지식하여 변통할 줄 모르고,
자공은 언변은 좋지만 말을 아끼지 않고,
자로는 용감하기는 하나 겁낼 줄을 모르고,
자장은 의젓하기는 하지만 남들과 어울릴 줄 모른다.
이 네 사람의 장점을 합쳐서 나의 장점과 바꾸자 해도
내가 허락하지 않을 거야.
이게 그들이 나를 스승으로 섬기면서도
의심하지 않는 까닭이지."

『열자』

때를 얻은 사람은 번창하고,
때를 놓친 사람은 망한다

노나라의 시씨施氏 집안에는 두 아들이 있었다.

한 아들은 학문을 좋아했고,

다른 아들은 병법兵法을 좋아했다.

학문을 좋아하는 아들은 제나라에 가서

여러 공자公子들의 스승이 되었다.

병법을 좋아하는 아들은 초나라에 가서

군정軍正 벼슬을 하게 되었다.

그들이 받는 녹은 그들 집안을 부유하게 만들었고,

그들의 벼슬은 부모를 영화롭게 하였다.

시씨네 이웃에 맹씨孟氏가 살고 있었다.

그 역시 두 아들이 있었다.

그 두 아들이 종사하던 일도 시씨네 아들들과 같았으나

늘 가난하고 궁색하게 살면서 시씨네를 부러워하였다.
하루는 맹씨가 시씨를 찾아가 벼슬을 하게 된
방법을 가르쳐 달라고 요청했다.
시씨네 두 아들은 자기들이 했던 대로 맹씨에게 말해주었다.
맹씨네 한 아들은 진秦나라로 가서 학술로
진나라 왕을 설득하려 했다.
"지금은 천하의 제후들이 힘으로 다투고 있으니
힘써야 할 일은 군대를 강하게 하는 일과
나라를 부유하게 하여 식량을 확보하는 일 뿐이다.
만약 그대의 말대로 어짐과 의로움으로 나라를 다스린다면
그것은 멸망하는 길이 될 것이다."
진나라 왕이 말했다.
진나라 왕은 그에게 벌을 주고 나라 밖으로 추방했다.
맹씨네 다른 아들은 위나라로 가서 병법으로
위나라 왕을 설득하려 했다.
"우리 위나라는 약한 나라로서 큰 나라 사이에 끼어 있다.
우리는 큰 나라를 섬기며 작은 나라를 달래고 있다.
이것이 우리 위나라의 안녕을 추구하는 길이다.
만약 군사력에 의지한다면 멸망하게 될 것이다.
만약 그대를 온전하게 돌려보낸다면
다른 나라에 가서 병법으로 그들을 도울 것이다.

이것은 우리 위나라의 환난이 될 것이다."
위나라 왕이 말했다.
위나라 왕은 마침내 그의 다리를 자르고 노나라로 돌려보냈다.
이렇게 형제가 노나라로 돌아오자,
맹씨부자는 가슴을 치면서 시씨를 원망했다.
그들은 시씨네 집으로 달려가 시씨에게 삿대질을 해댔다.
"무릇 때를 얻은 사람은 번창하고,
때를 잃은 사람은 망하는 법입니다.
당신들이 익힌 학문과 병법은 우리 아들들과 같았는데도
결과가 다른 것은 때를 잃었기 때문이지
행위 그 자체가 나빠서가 아닙니다.
그뿐 아니라 천하의 이치란 항상 옳은 것도 없고
항상 그른 것도 없습니다.
예전에 썼다가도 지금은 버리는 일이 있으며,
지금은 버렸다가도 뒤에 다시 쓰기도 하는 것입니다.
이렇듯 쓰이고 쓰이지 않고는
일정한 법칙이 있는 것이 아닙니다.
때를 보고 때를 만나 일에 원만하게 대응하는 것은
지혜에 속하는 문제입니다.
진실로 지혜가 부족하다면,
당신들이 아무리 공자孔子와 같이 박학博學하고

여상呂尚과 같이 병법이 뛰어나다 할지라도
어느 곳을 간다한들 궁하지 않을 수 있겠습니까?"
시씨가 말을 끝냈다.
"우린 이제 그 뜻을 알겠습니다."
맹씨 부자가 낯빛을 누그러뜨리며 말했다.

『열자』

구라는 사람은 도적이지만
그의 음식은 도적이 아니다

동쪽에 한 선비가 있었다.

그의 이름은 원정목爰旌目이었다.

그가 어디를 가다가 먹을 것이 떨어져 굶주리게 되었다.

그때 호보狐父에 사는 구丘가 지나가다가 그를 보았다.

구는 유명한 도적이었다.

구가 호리병에 죽을 담아와 먹여주었다.

원종목이 세 모금을 삼킨 뒤 정신이 들었다.

"선생은 누구십니까?"

원종목이 물었다.

"나는 호보에 사는 구라고 하오."

구가 대답했다.

"어허! 당신은 도적이 아니오?

어째서 나에게 먹을 것을 주었소?
나는 의로움을 중요하게 생각하는 사람이니
당신이 준 것은 먹지 않겠소."
원종목이 말했다.
그리고 손을 땅에 짚고서 먹은 것을 토하려 했다.
잘 나오지 않았다.
마침내 그는 엎어져 죽었다.
구라는 사람은 도적이지만 그의 음식은 도적이 아니었다.
사람이 도적이라 하여 그 음식도 도적이라 생각하고
먹지 않은 것은 명분과 실질이 무엇인지를
올바로 이해하지 못하는 것이다.

『열자』

두 사람 모두 양떼를 잃어버리다

남자 종과 여자 종 두 사람이 함께 양떼를 몰고 나갔다.
그들은 두 사람 모두 양떼를 잃어버렸다.
그들은 힘없이 집으로 돌아왔다.
"너는 무얼 하느라고 양떼를 잃어버렸느냐?"
주인이 남자 종에게 물었다.
"채찍을 옆구리에 끼고 책을 읽고 있었습니다."
남자 종이 대답했다.
"너는 무얼 하느라고 양떼를 잃어버렸느냐?"
주인이 여자 종에게 물었다.
"저와 같이 간 아이와 장기를 두고 있었습니다."
여자 종이 대답했다.
두 사람이 한 일은 같지 않으나 저마다 자기가 하는 일에
주의를 기울이지 않았기 때문에 양을 잃어버린 점은 같았다.

『장자』

성격이 급한 사람

왕술王述은 성격이 급했다.
그가 젓가락으로 달걀을 집으려 했다.
달걀은 미끄러웠다.
잘 집히지 않았다.
그가 버럭 화를 내며 달걀을 집어 땅바닥에 내동댕이쳤다.
달걀이 데굴데굴 굴러갔다.
그는 땅바닥으로 내려가 나막신의 굽으로 밟았다.
밟히지 않았다.
그는 화가 상투 밑까지 치밀어 올라왔다.
다시 땅바닥에서 달걀을 주워 입안으로 밀어넣었다.
꽉 깨물어 부쉈다. 퉤 하고 뱉어버렸다.
흙물과 노른자가 뒤범벅이 되어 있었다.

『세설신어』

술꾼의 구실

공군孔群은 술마시기를 좋아했다.
그는 자주 술에 취해 있기 때문에 일을 그르칠 때가 많았다.
"당신은 어찌하여 늘 술만 마시는 게요?
당신은 술집에서 술단지를 덮어 놓은 천을 보지 못했소?
그 천은 늘 오래 가지 못하고 썩어서 헤어지고 마오."
왕도王導가 말했다.
"반드시 그렇다고만 할 순 없습니다.
술지게미 속에 절여둔 고기를 보지 못했습니까?
그 고기가 오히려 훨씬 오래 갑니다."
공군이 대답했다.

『세설신어』

우공이 산을 옮겼다

태형산太形山과 왕옥산王屋山은 그 둘레가 사방 7백리,
높이는 만길이나 되는 큰 산이다.
그 산 북쪽에 이미 아흔 살에 가까운
우공愚公이라는 늙은이가 살고 있었다.
그의 집 대문은 이 두 산을 향해 있었다.
그가 나들이를 하려면 반드시 이 산을 넘어야 했기 때문에
드나들기가 매우 불편하였다.
어느 날 우공은 온 집안 식구들을 불러 모았다.
"저 두 큰 산이 우리 집 앞을 가로막고 있어
드나들기가 불편하기 짝이 없다.
우리 집 식구가 힘을 합쳐서 저 산을 평평하게 깎아버리고
예주豫州까지 곧게 가는 큰길을 내고,
또 한수漢水 남쪽까지 막히는 것 없이 갈 수 있도록 만들고 싶다.

너희들 의견은 어떠냐?"
우공이 식구들을 휘둘러 보았다.
"좋은 생각이십니다."
집안 식구들은 찬성했다.
"모두들 무슨 재산으로 저렇게 높은
큰 산 두 개를 평평하게 깎아버린다는 말인가.
게다가 파낸 흙과 돌은 어떻게 처리한단 말인가."
아내가 이의를 제기했다.
"파낸 흙과 돌은 발해渤海의 바닷가로 옮겨가면 좋잖아요.
아무리 많다 한들 쌓을 곳이 없겠어요?"
다른 식구들이 대답했다.
이튿날. 우공은 세 아들과 손자들을 거느리고
산을 파 옮기기 시작했다.
이웃에 사는 과부에게는 예닐곱 살 된 아들이 있었다.
그 아들도 와서 도와주었다.
그들은 열심히 일했다.
그러나 아득히 먼 발해까지
한 번 갔다 오자면 1년이 걸리는 형편이었다.
황하 기슭에는 지수智叟라는 사람이 살고 있었다.
그는 땀을 뻘뻘 흘리며 흙과 돌을 옮기는
우공네를 보고 비웃었다.

"영감, 당신은 정말 어리석기 짝이 없소.
늙은 당신의 힘으로는 산의 모퉁이도 깎아내리기 힘든데,
이렇게 큰 산의 돌과 흙을 어떻게 파 옮긴다는 거요?"
지수가 우공을 찾아가 말했다.
"당신같이 생각이 얕은 사람은 도저히 이해할 수 없는 일이지.
당신은 저 과부네 아이만도 못하오.
당신 말대도 나는 늙어서 이제 몇 해밖에 살 수가 없소.
하지만 내가 죽으면 아들이 남을 것이고,
아들이 죽으면 손자가 남아 있을 것이고,
손자가 죽으면 또 증손자가 남아 있을 것이고……
이렇게 자자손손이 줄곧 대를 이어 내려간다면
일할 사람은 끊어지지 않을 거요.
그러니 언젠가는 반드시 저 산들을
평평하게 깎아버릴 날이 올 거요."
우공이 길게 한숨을 쉬고 나서 말했다.
"……"
지수는 아무런 대꾸도 하지 못했다.

『열자』

닭을 잡는 데 어찌 소 잡는 칼을 쓰랴

한번은 공자孔子가 제자 자유子遊가 다스리고 있는
무성武城 땅을 지나가게 되었다.
거리에서는 비파를 뜯으며
그 소리에 노래하는 소리가 들려오고 있었다.
이것은 제자가 다스리는 고을의 백성들이
음악을 익히는 것에 열중하고 있다는 것을 말해주는 것이었다.
일찍이 공자는 천하를 다스리는 근간으로
예악을 바르게 전파할 것을 주장한 바가 있었다.
공자는 평소의 가르침이 실현되는 것을 기쁘게 여겼다.
"자유야, 무성 같은 자그마한 고을에서 그리 허풍스럽게
음악을 가르칠 필요가 있느냐?
닭을 잡는 데 소를 잡는 큰 칼을 쓰지 않아도 될 터인데."
공자가 농을 섞어 한 마디 했다.

"옛날, 제가 선생님께 가르침을 받기를,
군자가 도를 배우면 사람을 사랑하고,
소인이 도를 배우면 시키기 쉽다고 했습니다."
자유가 대답했다.
공자의 가르침에 따라 무성의 백성들에게
예악을 가르쳤다는 것이다.
공자는 자신의 농담을
자유가 정색을 하여 받아들인 것에 당황했다.
"앞의 말은 농담이로다. 네 말대로다."
공자가 웃으며 대답했다.

『논어』

구슬을 드렸다

송나라에 남에게 아첨하기를 좋아하는 사람이 있었다.
어느 날 그가 구슬 한 개를 얻었다.
그는 대신 자한에게 잘 보이려고 그 구슬을 갖다 드렸다.
그러나 자한은 좀처럼 그 구슬을 받으려 하지 않았다.
"이 구슬은 보배입니다.
당신과 같은 어른의 손에 들어가면 몸에 걸어도
신통하게 격에 맞고 그럴듯 해보이지만,
보통 사람에게는 어울리지 않습니다."
그가 너스레를 떨었다.
"당신은 이 구슬을 보배로 여기지만
난 남의 아첨을 함부로 받아 들이지 않소.
이게 바로 나의 보배요."
자한이 딱 잘라 말했다.

『한비자』

사마귀가 발을 벌리고 수레바퀴를 막다

제나라 장공莊公이 어느 날 사냥을 나섰다.
수레를 타고 가는데 벌레 한 마리가 발을 들고
수레바퀴를 치려고 했다.
"이게 무슨 벌레냐?"
장공이 마부에게 물었다.
"이건 사마귀라는 벌레입니다.
이놈은 앞으로만 갈 줄 알았지 뒤로 물러설 줄 모릅니다.
또한 이놈은 제 힘을 헤아리지 않고 적만 업신여깁니다."
마부가 대답했다.
"만약 이 벌레가 사람이었다면 천하의 용사가 되겠구나."
장공이 수레를 돌려 피해갔다.

『회남자』

매실을 생각하고 목마름을 잊다

진晉나라 무제武帝가 오나라를 공격하기 위해
군사를 이끌고 가다가 그만 길을 잃어버렸다.
길을 찾느라고 헤매다가 군사들은 지쳐버렸다.
게다가 마실 물이 모자라 군사들은 목이 몹시 말랐다.
"물, 물을 달라."
"목이 말라 더 이상 못 걷겠다."
군사들이 하나 둘 쓰러져 갔다. 문득 무제는 계책을 생각해냈다.
"모두 힘을 내고 조금만 참아라. 눈앞에 매화나무 숲이 있다."
무제가 소리쳤다.
"매실, 매실이 있다고?"
이 말을 들은 군사들은 모두들 입 속에 침이 고였다.
"그래 목마름을 없애 줄 매실이 엄청나게 많이 열려 있다."
군사들은 기운을 되찾았다.

"자, 진격하라!"
무제가 명령했다.

『세설신어』

달팽이 뿔 위에서 싸우다

"임금님께서는 달팽이를 아십니까?"
대진인戴晉人이 물었다.
"알고 있다."
위나라 혜왕惠王이 대답했다.
"달팽이의 왼쪽 뿔에는 촉씨觸氏라는 자가 세운 나라가,
오른쪽 뿔에는 만씨蠻氏라는 자가 세운 나라가 있었습니다.
두 나라는 서로 땅을 빼앗으려고 싸웠습니다.
전사자가 수만명이나 되고, 패잔병을 좇아,
15일이나 걸렸다가 돌아온다고 합니다."
대진이 말했다.
"아아, 그것은 터무니 없는 말이로다."
혜왕이 늘어지게 하품을 했다.
허풍은 어지간히 떨고 그만두라는 것 같았다.

"현실에 비유하여 한 말씀 올릴까 합니다."

"……"

"임금께서는

이 우주의 사방과 상하에 끝이 있다고 생각하십니까?"

"끝이 없는 줄로 생각한다."

"마음을 그 끝없는 우주 속에서 노닐게 하는 사람에게는 실제로

돌아와 배나 수레로 왕래할 수 있는 나라가 있는 것도 같고,

없는 것도 같나이다."

"그렇기도 하다."

"그 배나 수레로 오고갈 수 있는 나라들 가운데 위나라가 있고,

위나라 가운데 서울인 양梁 지방이 있고,

그 양 지방 안에 왕이 살고 있다.

우주의 무궁에 비한다면 왕과 달팽이 뿔의 만씨와

얼마만큼의 차이가 있습니까?"

"차이가 없겠네."

이윽고 대진인이 물러갔다.

혜왕은 한동안 정신이 나간 사람처럼 멍하니 앉아 있었다.

『장자』

미녀의 목을 베 군령을 세우다

손자孫子 무武는 춘추시대 제나라 사람이었다.
그는 병법兵法이 탁월한 군사 전문가였는데,
오나라 왕 합려闔廬도 그의 명성을 듣고 있었다.
손자가 오나라에 도착하자, 합려가 불렀다.
"그대가 지은 13편의 병법을 다 읽어 보았는데,
한번 시험삼아 진법 시범을 보여줄 수 없습니까?"
오나라 왕이 말했다.
"좋습니다."
손자가 대답했다.
"궁중에 있는 미녀들을 데리고도 시범을 보일 수 있습니까?"
오나라 왕이 물었다.
"그러지요."

손자가 짧게 대답했다.

오나라 왕은 사람을 보내 궁중의 미녀 180명을 불러 오게 했다.

손자는 그들을 두 편으로 나누어

합려가 아끼는 여자 2명을 대장으로 삼았다.

그리고 그들에게 각각 창을 하나씩 들고

군령을 전달하도록 했다.

"너희들은 가슴, 오른손과 왼손, 등을 알고 있겠지?"

손자가 물었다.

"알고 있습니다."

미녀들이 대답했다.

"'앞으로' 하면 가슴 쪽을 보고,

'좌로' 하면 왼손 쪽을 본다.

그리고 '우로' 하면 오른손 쪽을 바라보고,

'뒤로' 하면 등 뒤쪽을 본다."

"네, 그렇게 하겠습니다."

손자는 군령을 선포했다.

그리고 부월을 갖추어 놓았다.

부월이란 '작은 도끼와 큰 도끼'를 뜻하는데,

왕이 그것을 내려주면 정식으로

대장군의 직무를 수행하게 되는 것이었다.

손자는 령에 대해서 여러 차례 되풀이 하여 설명했다.

"우로!"

손자가 북을 치면서 명령을 내렸다.

미녀들은 서로 바라보다가 까르르 웃기만 했다.

"군령이 제대로 전달되지 않은 것은 장수의 책임이다."

손자는 다시 명령에 따라 행동하는 방법을 세 번 더 설명했다.

"좌로!"

손자가 북을 치면서 명령을 내렸다.

미녀들은 앞뒤로 돌아보며 까르르 웃기만 했다.

"군령이 불분명하고

호령이 숙달되지 않은 것은 장수의 잘못이나,

군령이 이미 분명하게 전달되었는데도 따르지 않는 것은

대장의 잘못이다."

손자가 좌우 양쪽의 대장의 목을 치려 하였다.

마침 사열대 위에서 이런 광경을 지켜보고 있던

오나라 왕은 손자가 자신이 아끼는 여자 두 사람을

죽이려는 것을 보고 깜짝 놀랐다.

급히 전령을 보냈다.

"나는 장군이 용병用兵을 잘 한다는 것을 벌써 알았소.

그 두 여자들이 없으면 나는 음식을 먹어도

그 맛을 모르니 죽이지 마시오."

오나라 왕의 명령이었다.

"저는 이미 임금의 명령을 받아
장수의 직분을 맡아 병사들을 훈련시키고 있습니다.
장수가 군영에 있을 때는 임금의 명령이라 할지라도
받들지 않는 경우가 있습니다."
손자가 말을 마치고 나서 곧바로
대장으로 세운 두 미녀의 목을 내리쳤다.
그러자 여자들은 얼굴빛이 흙빛이 되었다.
손자는 죽은 미녀들 다음으로 오나라 왕의 사랑을 받던
미녀 둘을 대장으로 삼아 다시 북을 쳤다.
미녀들은 모두 좌로, 우로, 앞으로, 뒤로, 끓어앉기, 일어서기 등
손자의 호령대로 따라 아무 소리도 내지 않으며 따라 했다.
"부대가 이미 질서정연하게 정비되었으니
임금께서는 내려오셔서 시험해보십시오.
이런 군대라면 임금을 위해
물 불을 가리지 않고 싸울 것입니다."
손자가 전령을 보내 오나라왕에게 보고했다.
"장군은 숙사로 돌아가 휴식을 취하시오.
나는 속이 좋지 않아 내려가 보고 싶지 않소."
오나라왕이 기분이 몹시 나빠서 말했다.
"임금께서는 스스로 병법을 좋아한다더니
사실은 저의 병법 이론만을 좋아하실 뿐이고,

저의 진정한 능력을 실제로 사용하실 줄은 모르는구나."
손자가 탄식했다.
오나라 왕은 손자가 병법에 뛰어남을 알았다.
마침내 그는 손무를 장군으로 임명했다.
그 후 오나라가 서쪽으로 강국인 초楚나라를 깨뜨리고,
북쪽으로 진나라 제나라를 위협하여
제후들 사이에 명성을 날리게 되었다.
이것은 모두 오나라왕이 손자를 기용했기 때문에
가능했던 일이었다.

『사기史記』

먼저 한 번 지고, 나중에 두 번 이기다

손빈孫臏은 손자孫子의 후손이었다.
그는 위나라 사람으로『오자병법吳子兵法』을 쓴
오기吳起에게서 병법을 배웠다.
제나라 장군 전기田忌는
손빈의 재능을 인정하여 자신의 집에 머물게 하였다.
전기는 도박을 좋아하였다.
그는 자주 제나라의 공자公子들과
경마競馬로 큰 도박을 하였다.
어느 날 전기는 몹시 굳은 얼굴을 하고 있었다.
"장군! 어디 언짢은 일이라도 있습니까?"
손빈이 물었다.
"아니오. 경마에서 돈을 좀 잃었기 때문이오."
전기가 대답했다.

제나라의 공자들과 경마를 하면서
말들을 세 등급으로 구분했다.
상등말 대 상등말, 중등말 대 중등말,
하등말 대 하등말로 경주를 벌였다.
전기는 경마 때마다 졌다.
그러나 공자들의 말과 전기의 말이 달리는 힘에는
큰 차이가 없었다.
"말씀을 듣고 보니 세 번의 시합 중 두 번을 이기면 되는 군요."
"그렇소."
"다음에 경마를 할 때는
장군의 하등말과 상대편의 상등마를 겨루게 하고,
장군의 상등말과 상대편의 중등말을 겨루게 하며,
장군의 중등말과 상대편의 하등마를 겨루게 하십시오."
"그러면 이길 수 있을까?"
"틀림없이 이길 수 있을 테니까.
천금의 돈을 거십시오."
전기는 손빈의 말대로 천금의 돈을 걸었다.
경기 결과 손빈의 작전 대로 먼저 한 번 지고,
나중에 두 번 이겼다.
전기는 천금의 돈을 얻게 되었다.

『사기』

위나라를 포위하여 조나라를 구하다

기원전 353년.
위나라의 군사들이 조나라의 서울
한단邯鄲을 포위하였다.
조나라는 급히 제나라에 구원을 요청하였다.
제나라의 대장군인 전기田忌가
군사들을 이끌고 조나라로 갈 준비를 했다.
이때 손빈이 전기 앞으로 나섰다.
"어지럽게 얼키고 설켜 있는 실을 풀려면
주먹을 꽉 쥐고 쳐서는 안 됩니다.
싸우는 사람을 말리려면 그 사이에 끼어들어
칼이나 창을 써서는 안 됩니다.
강한 부분은 피하고 약한 부분을 공격하면
형세가 불리해지므로 한단의 포위는 자연히 풀리게 됩니다.

지금 위나라는 조나라를 공격하느라,
날렵한 정예 군사들은 모두 위나라 밖으로 빠져 나오고
늙고 병든 사람들만 위나라 안에 남아 있을 것입니다.
그러니 장군은 가벼운 장비들을 동원하여 군사들을 이끌고
빨리 대량(大梁:위나라의 서울)으로 진격하여
그 요로를 점거하고 그 허를 치십시오.
그러면 위나라 군사들은 자기 나라를 구하려고
한단의 포위를 풀고 돌아올 것입니다."
손빈이 말을 끝냈다.
"과연 그대는 병법의 천재요."
전기는 손빈의 작전대로 위나라의 서울 대량을 공격했다.
손빈의 전략에 허를 찔린 위나라 군사들은
급히 자기 나라로 돌아왔다.
위나라 군사들이 계릉桂陵에 이르렀다.
그때 제나라 군사들이 위나라 군사들을 덮쳤다.
위나라 군사들은 크게 졌다.
원정길에 지쳐 군사들의 사기가 떨어졌기 때문이었다.

『사기』

사십만 명의 군사들이 떼죽음을 당하다

조괄趙括은 조나라의 명장 조사趙奢의 아들이었다.

그는 어려서부터 병법을 배웠다.

용병술에 대해서는

세상에 자신을 대적할 사람이 없다고 생각했다.

조사조차도 대꾸하지 못할 정도로 거침이 없었다.

그러나 조사는 그가 뛰어나다고 생각하지 않았다.

"당신은 어째 아들의 용병술이 뛰어나지 않다고 생각합니까?"

조괄의 어머니가 물었다.

"전쟁이란 사람을 죽이는 것이오.

그런데도 이 녀석은 전쟁에 대해서 너무 쉽게 말하고 있소.

장차 조나라가 이 녀석을 장수로 삼지 않는다면 다행이지만,

만약 이 녀석을 장수로 삼았다가는

이 녀석이 반드시 조나라를 망하게 할 것이오."

조사가 말했다.

기원전 262년.

진秦나라가 조나라를 공격하였다.

두 나라 군대가 장평長平에서 대치했다.

그때 조사는 이미 세상을 떠나고,

인상여藺相如는 중한 병에 걸려 있었다.

조나라에서는 젊은 염파廉頗를

장군에 임명하여 맞서 싸우게 할 수밖에 없었다.

진나라 군대가 여러 차례 조나라 군대를 격파했다.

염파는 전략을 바꿔 방벽을 견고하게 쌓고

성 밖으로 나가지 않았다.

전쟁이 지리하게 3년이나 계속되었다.

조나라 왕은 염파가 진나라 군대를

공격하지 않는 것에 불만을 품고 있었다.

이때 진나라의 재상 응후應候가 간첩을 놓아

조나라 조정을 이간질 했다.

"진나라가 걱정하는 것은 조괄이 장군이 되는 것뿐이다.

염파 따위는 상대도 안 된다."

간첩들은 소문을 퍼뜨렸다.

마침내 이 소문이 조나라 왕의 귀에까지 들어갔다.

그는 염파를 불러들이고 조괄을 장군으로 삼으려 했다.

"임금님께서는 조괄의 명성만 듣고
그를 장군으로 삼으시려고 하는데,
그것은 거문고 기둥을 풀로 붙여둔 채
거문고를 타려는 것과 같습니다.
조괄은 다만 그 아버지가 남긴 병법서兵法書만 읽었기 때문에
융통성 있는 임기응변에 대해서는 깜깜합니다."
인상여가 말리고 나섰다.
"모르는 소리하지 마오.
진나라 군대가 제일 두려워하는 것은
조괄이 장군이 되는 거요."
조나라 왕이 말했다.
조나라 왕은 조괄을 장군으로 임명했다.
이 소식을 들은 조괄의 어머니도 조나라 왕에게
조괄을 장군으로 삼아서는 안 된다는 내용의 글을 올렸다.
그러나 조나라 왕은 그 글을 묵살했다.
조괄은 염파를 대신하여 군사들을 지휘하게 되자,
군령을 모조리 뜯어 고치고, 많은 장교들을 교체했다.
단번에 군기가 어수선해졌다.
진나라의 척후병들이 이러한 상황을 염탐하여
장군 백기白起에게 보고했다.
어둠이 깔리자, 백기는 조나라의 진영에 기습부대를 보냈다.

조나라 군사들이 달려나오자,
달아나는 척 하면서 기회를 틈타
조나라 군사들의 식량 보급로를 끊어버렸다.
진나라 군사들이 달아나는 것이 기만술이라는 것을 모르는
조괄은 군사들을 지휘하여 뒤쫓아갔다.
기다리고 있던 진나라 군사들은 징과 북을 치면서
측면에서 조나라 군사들을 공격했다.
마침내 조나라 군대의 허리가 끊어지고 말았다.
조나라 군사들의 마음속에서
조괄에 대한 원망이 하나 둘 싹트기 시작했다.
40여 일이 흘러갔다.
나무껍질과 풀뿌리까지 다 먹어버렸다.
군사들의 사기가 땅에 떨어졌다.
조괄은 산 채로 굶어 죽을 수는 없다고 생각하고,
정예부대를 내세우고 직접 포위망을 돌파했다.
그러나 보이는 것은
온 들을 덮고 있는 진나라 군사들의 깃발뿐이었다.
조괄은 진나라 군사가 쏜 화살에 맞아 죽었다.
그리고 40만 명의 조나라 군사들도 모두 떼죽음을 당하였다.
이듬해, 진나라 군사들은 한단을 포위했다.
조나라는 초나라와 위나라의 구원으로

가까스로 한단의 포위망을 풀었다.

『사기』

학설을 굽혀 세상의 속물들에게 아첨하다

제齊나라 치천국菑川國 설현(薛縣:지금의 중국 산둥성) 사람인
공손홍公孫弘은 집안이 몹시 가난했다.
젊었을 때 그는 현청의 옥리獄吏를 지내기도 했다.
그러나 그가 저지른 잘못은 일터를 그에게서 빼앗아 갔다.
그는 바닷가에서 돼지를 기르기 시작했다.
일을 하면서 그는 손에서 책을 놓지 않았다.
『춘추공양전春秋公羊傳』을 연마했고,
유가儒家, 법가法家, 묵가墨家, 도가道家 같은
잡가雜家에까지 그의 공부가 미쳤다.
때마침 전한前漢 무제武帝가 왕위에 올랐다.
그는 천하에 널리 인재를 구한다는 방을 붙였다.
"현량지사賢良之士를 구한다? 이는 바로 나를 두고 한 말이다.
나야말로 학식이 도저한 선비가 아닌가."

공손홍은 서둘러 서울로 떠났다.

서울에 올라 온 그는 듣고 보는 것이 신기하고 놀라웠다.

마침내 그는 현량지사로 천거되어 박사博士로 임명되었다.

공손홍과 같이 임명된 사람이 또 있었다.

원고생轅固生이었다.

성이 원이고 이름은 고이며 생은 존칭이었다.

그는 공손홍과 같은 치천국 설현 태생으로

시인으로 이름이 높았다.

그 당시 그는 나이가 90세였으나 무제의 부름을 받자

매우 감격하여 백설 같은 머리를 흔들거리며 서울로 올라왔다.

곧기만 하고 고집불통인 원고생이 오게 되자,

잘난척하던 사이비학자들이 그를 헐뜯기 시작했다.

"저 늙은이는 시골 구석에 그대로 눌러 앉아

증손자나 업어주게 하는 편이 어울립니다."

무제는 그들의 중상을 물리치고 원고생을 등용했다.

공손홍의 출세는 순풍에 돛 단듯이 계속되었다.

공손홍은 원고생을 깔보았다.

"지금 학문의 길은 어지러워지고 속설이 유행하고 있네.

이대로 내버려둔다면 유서 있는 학문의 전통은 마침내

요사스러운 학설로 말미암아 그 자취를 감추게 될 것이네.

다행이 자네는 젊고 학문을 좋아하는 선비라고 하니

아무쪼록 올바른 학문을 열심히 해서 세상에 널리 퍼뜨려주게.
결코 자기가 믿는 학설을 굽혀
세상의 속물들에게 아첨하지 않도록."
원고생이 공손홍에게 말했다.
"새겨 듣겠습니다."
공손홍은 짧게 대답했다.
'이 송장이 되다가 만 늙은이가 알면 얼마나 안다고.'
공손홍은 원고생의 하얀 눈썹을 떠올리며 걸음을 재촉했다.
"공손홍은 지금 삼공(三公:전한 시대에는 승상, 대위, 어사대부를 총
칭하여 일컬음)의 자리에 있으면서
이부자리를 서민이 쓰는 무명을 쓰고 있고,
밥상에는 육류를 한 접시 이상 놓지 못하게 한답니다.
어디 그뿐입니까? 생모生母가 아닌 계모가 죽었는데도
3년 동안을 꼬박 복상한다고 하니
이것이야말로 위선이 아니고 무엇이겠습니까?"
급암汲黯이 무제에게 아뢰었다.
그는 성품이 거만하고 예의를 갖추지 않아
다른 사람을 면전에서 반박하기도 하고,
또 다른 사람의 과오를 용서할 줄도 몰랐다.
자기와 부합되는 사람에게는 잘 대우하였지만,
자기와 부합되지 않는 사람은 아예 보기조차 싫어했다.

그러나 그는 학문을 좋아하고 의협심이 있어
지조를 지키고 평소 행동도 결백했다.
"네 말이 사실이렸다."
"아뢰옵기 황송하오나 모두 사실인 줄로 아옵니다."
급암이 허리를 굽혔다.
공손홍은 수건을 꺼내어 이마에 흐르는 땀방울을 닦았다.
"이 모두가 사실인가?"
무제가 공손홍을 향해 물었다.
"모두 사실이옵니다.
대신들 가운데서 급암만큼
소신과 가까이 지내는 사람은 없습니다.
오늘 급암은 소신의 결점을 잘 지적해주었습니다.
소신은 삼공의 자리에 있으면서도 무명 이불을 쓰고 있사옴은
가장 검소한 체 하여 명성을 얻고자 함이었습니다.
소신이 듣자온대
관중管仲은 제나라의 재상으로 있으면서
분에 넘치는 호화주택에 살고 그 사치함은
군주를 능가할 정도였습니다.
그러나 관중은 군주로 하여금 패업을 이룩하도록 하였습니다.
어디 그뿐입니까.
안영安嬰은 경공景公의 재상으로 있을 때

밥상 위에 육류를 한 가지 이상 놓지 못하게 하고,
처첩에게는 비단옷을 입히지 않았습니다만
제나라를 잘 다스렸습니다.
소신은 지금 어사대부라는 지위에 있으면서
무명이불을 덮고 잡니다.
그리하여 모든 대신들로부터 말단 벼슬아치에 이르기까지
별 차이가 없게 되었습니다.
조금 전에 급암이 말씀 드린 대로입니다.
급암과 같은 충신이 없었더라면
폐하께서 어떻게 그런 바른 말씀을 들을 수 있겠습니까?"
공손홍이 말을 끝냈다.
"과연 공손홍은 충신이로다.
내 그대를 앞으로 더 귀하게 쓰겠노라."
무제가 얼굴 가득히 웃음을 지었다.
어느새 비가 그쳐 있었다.
공손홍은 궁궐로 향했다.
무르익어가는 늦봄의 거리엔 사람들의 모습이
드문드문 눈에 띄었다.
"어사대부(御史大夫:승상 다음가는 최고 벼슬자리.
주로 벼슬아치들의 탄핵과 감찰을 관장했음), 어서 오시오."
공손홍이 들어서자, 급암이 인사를 했다.

"오늘 문학유자文學儒子를 초청하는 문제를 가지고
황제께서 물어볼 모양인데, 어사대부 생각은 어떠시오?"
급암이 물었다.
"아, 그거야 말로 여부가 있겠습니까.
조정에 숱한 문학유자들을 놔두고
새로 학자들을 초빙한다는 게 말이나 됩니까."
공손홍이 말했다.
"그렇지요, 그렇지요. 이 일은 부당하다고 아룁시다."
공손홍과 급암은 의견의 일치를 보고 어전회의에 참석했다.
그러나 문학유자를 초빙하는 문제에 대하여 찬성을 한 사람은
바로 공손홍이었다.
"아니, 어사대부. 그럴 수가 있소?
제나라 치천국 사람들은 거짓말을 많이 한다 들었는데
그게 사실인 것 같소.
조금 전에 공과 함께 이 문제를 의논했을 때,
공의 의견도 우리와 같지 않았소.
그래놓고는 이제 와서 딴 소리를 하니
불충不忠이 아니고 무엇이오?"
급암의 목소리가 무거운 침묵을 밀쳤다.
"그게 사실이오?"
무제가 공손홍에게 물었다.

"소신을 잘 알고 있는 사람들은
소신을 충성스러운 사람이라고 합니다만,
소신을 잘 모르고 있는 사람들은
소신을 불충한 사람이라고 합니다."
공손홍이 대답했다.
"과연 원고생이 말한 대로 공손홍이야말로
학설을 굽혀 세상의 속물들에게 아첨하는 무리의 으뜸이구나."
급암이 길게 탄식했다.
뒤에 공손홍은 승상承相으로 임명되고
평진후平津候에 봉해졌다.

『사기』

목이 잘려도 후회하지 않을 친구

진나라는 조나라를 공격하여 석성石城을 빼앗았다.

그리고 이듬해 또다시 조나라를 공격하여 군사 2만 명을 죽였다.

진나라 소왕昭王은 사신을 조나라 왕에게 보내,

서하西河 바깥 쪽의 민시에서 회힙을 갖자고 제안했다.

조나라 혜문왕惠文王은 진나라가 무서워 가고 싶지 않았다.

그때 장군 염파廉頗와 환관의 우두머리인

인상여蘭相如가 상의를 한 끝에 혜문왕 앞으로 나아갔다.

"대왕께서 회합 장소에 가시지 않으시면,

조나라가 약하고 비겁하다는 것을 그대로 보여주게 되는 것입니다.

제가 따라 가겠으니 너무 걱정 마시기 바랍니다."

인상여가 말했다.

염파는 국경까지 혜문왕과 인상여를 전송했다.

"대왕의 이번 행차 거리를 계산해볼 때,

회합을 마치고 돌아오시기까지는 30일이 넘지 않을 것입니다.
만약 30일이 지나도 돌아오시지 않는다면
태자太子를 왕위에 오르게 하여
진나라를 칠 수 있도록 해 주십시오."
염파가 말했다.
"그리하도록 하라."
혜문왕이 허락했다.
마침내 혜문왕은 임지로 갔다.
그는 소왕이 마련한 술자리에 참석했다.
술자리가 무르익어갔다.
"전부터 조나라왕은 음악을 좋아한다는 소문을 들었는데,
어디 한번 거문고라도 연주해 들려주시기 바랍니다."
소왕이 말했다.
혜문왕은 내키지는 않았으나 한 곡을 탔다.
그런데 그 다음이 문제였다.
소왕이 사관에게 기록을 남기게 했다.
"모년 모월 모일, 진나라 왕은 조나라 왕을 만나
술을 마시며 조나라 왕에게 거문고를 타게 했다."
완전히 혜문왕을 신하 취급하는 것이었다.
"대왕께서는 음악을 잘하신다는 소문을 들었습니다.
대왕께서도 우리 임금을 위해 한 곡 타 주십시오."

인상여가 앞으로 나가 말했다.

"나는 음악에 소질이 없네. 게다가 지금 악기가 없지 않은가."

소왕이 화난 음성으로 말했다.

"여기 분부를 올릴 테니 함께 즐길 수 있도록 연주해주십시오."

인상여가 분부를 내밀었다.

그것은 두드려서 박자를 맞추는 악기로도 사용할 수 있는,

술이나 장을 담그는 그릇이었다.

"내가 너희 임금과 술 한잔 나누는데 네가 무슨 상관이냐?"

소왕이 꾸짖었다.

"대왕과 저 사이는 다섯 걸음밖에 안 됩니다.

제가 피로써 대왕의 옷을 적실 수도 있지요."

인상여가 눈을 부릅떴다.

진나라 장수들이 인상여를 칼로 베려 하였다.

"뒤로 물러서라!"

인상여가 소리치며 분부를 소왕 앞으로 내밀었다.

진나라 장수들은 모두 놀라 뒤로 물러섰다.

소왕은 할 수 없이 분부를 한 번 두드렸다.

그러자 인상여는 뒤를 돌아보며 조나라의 사관을 불렀다.

"모년 모월 모일, 진나라 왕이 조나라 왕을 위해 분부를 쳤다."

인상여가 사관에게 기록하도록 했다.

회합을 마치고 무사히 돌아오자,

조나라 혜문왕은 인상여를 최고의 지위인 우상右相에 앉히고
염파廉頗를 좌상左相에 앉혔다.
인상여가 염파보다 윗자리에 앉게 되자,
염파는 그것이 불만이었다.
"나는 조나라 장수로써 큰 공을 세웠다.
그러나 인상여는 입만 놀려 일을 꾸몄는데,
지위는 그가 더 높아졌다.
더구나 인상여는 본래 천한 출신이니,
나는 부끄러워 도저히 그런 사람 밑에서 일을 할 수 없다."
염파가 떠벌리고 다녔다.
이 말을 들은 인상여는 될 수 있으면
염파와 만나지 않으려고 하였다.
그러던 어느 날이었다.
인상여는 외출하다가 길 저쪽에서 걸어오는 염파를 목격하였다.
인상여는 얼른 옆길로 숨어버렸다.
"저희들이 가족, 친척을 떠나와서 당신을 섬기고 있는 것은
당신의 높으신 뜻을 사모하고 있기 때문입니다.
그런데도 염파 장군과 서열이 같은 당신께서
그토록 욕을 당하시며 그가 두려워서 숨기까지 하시니
가신인 저희들은 부끄러워 참을 수가 없습니다.
보통 사람들도 부끄러워하는 일이니,

당신 같은 지위에 있는 분은 어떻겠는지요?
저희 못난 사람들은 당신을 섬길 수가 없어
이만 하직하고 물러나고자 합니다."
인상여의 가신들이 그에게 말했다.
"그대들은 진나라 소왕과 염파 장군 중
누가 더 무섭다고 생각하는가?"
인상여가 가신들을 만류하며 물었다.
"염파 장군은 진나라 소왕을 당할 수 없지요."
가신들이 대답했다.
"진나라 소왕의 위세 앞에서도
나는 눈썹 한 번 깜빡거리지 않았네.
어디 그뿐인가.
바로 진나라의 궁중에서 진나라 소왕을 질타하고
그의 신하들까지 모욕한 나일세.
그런 내가 아무리 노둔하다고 할지라도
그까짓 염파 장군 정도를 두려워할 것이라고 생각하나?
강대한 진나라가 우리 조나라를 공격하지 못하는 것은
염파 장군과 내가 버티고 있기 때문이라고 생각하네.
만일 우리 두 사람이 서로 다툰다면
어느 쪽인가가 상처를 입게 될 걸세.
내가 이렇게 염파 장군을 피하는 것은 개인적인 원한보다

우선 나라의 위급함을 먼저 생각하기 때문일세."
인상여가 말했다.
인상여의 말에 가신들은 모두 감동했다.
이 말을 전해 들은 염파는 어깨를 드러내고
가시나무 채찍을 등에 지고서, 인상여의 집으로 향해 걸어갔다.
"비천한 인간이 장군께서 이토록 너그러우신지 미처 몰랐소.
몹시 꾸짖어 주십시오."
염파가 인상여의 집 문 앞에 이르러 사죄하였다.
인상여는 염파와 화해하였다.
그 후 두 사람은 사이가 좋아졌다.
드디어 문경刎頸의 교交,
다시 말해 목이 잘려도 후회하지 않을 정도의
막역한 사이를 맺었다.

『사기』

사람의 창자 속에 장사 지내십시오

초나라 장왕莊王이 좋아하는 말이 죽었다.
장왕은 말에게 평소에도 무늬 넣은 비단옷을 지어 입히고,
궁궐 같은 집에서 길렀으며,
장막이 없는 침대 위에서 자게 했다.
그뿐만이 아니었다.
말에게 대추와 마른 고기를 먹였다.
그리하여 너무 살이 찐 말이 죽고 말았다.
"그대들은 과인의 애마에게 애도의 뜻을 표하라.
그리고 관을 마련해 염습할 준비를 갖춰 모든 것을
대부大夫의 장례에 따라 융숭하게 거행하도록 하라."
장왕은 모든 신하들에게 명령했다.
"그것은 옳지 않은 일이옵니다.
아무리 사랑하는 말이지만

그것은 한 마리의 짐승에 지나지 않습니다."
신하들이 다투어 옳지 않다고 했다.
"감히 내가 사랑했던 말을 가지고 간하는 자가 있다면
그 자는 아예 죽을 각오를 하라."
격노한 장왕이 명령했다.
우맹優孟이 이 소문을 들었다.
그는 원래 악인樂人으로 키가 8척이고, 언변에 능했다.
우맹이 초나라의 왕궁으로 달려가 대성통곡을 하였다.
"무엇 때문에 그렇게 대성통곡을 하느냐?"
장왕이 물었다.
"그 죽은 말은 왕께서 좋아하던 말입니다.
우리 초나라가 이렇게 당당하고 큰 나라인데
겨우 대부의 예로써 말의 장례를 치른다는 것은 너무 박합니다.
마땅히 임금의 예로써 장례에 따르도록 해야합니다."
우맹이 말했다.
"그렇다면 어떻게 해야겠느냐?"
장왕이 물었다.
"청하오니, 옥을 조각하여 관을 짜고
무늬 넣은 가래나무로 곽을 짜고, 느릅나무 · 단풍나무 · 녹나무
등의 향기나는 나무들로 곽을 장식하고,
많은 군들을 동원하여 커다란 구덩이를 파게 하고,

성안의 남녀노소들까지 동원해 흙을 다지도록 하며,
제나라 · 조나라 사신으로 하여금 관 앞에 서 있게 하고,
한韓 · 위魏의 사신을 관의 뒤에서
기를 들고 호위케 하십시오.
사당을 세워, 태뢰(소 · 양 · 돼지 등의 고급 요리)로 제사 지내고,
만 호의 읍으로써 받들게 하십시오.
제후들이 이를 듣는다면 모두 왕께서는 사람을 천하게 여기고
말을 귀하게 여긴다는 사실을 알게 될 것입니다."
우맹이 말을 끝마쳤다.
"내가 그토록 큰 잘못을 저지르고 있었단 말인가?
좋다. 그렇다면 어떻게 하면 좋겠는가?"
장왕이 말했다.
"부디 육축(六畜:소 · 말 · 돼지 · 양 · 닭 · 개)의 하나로서
말을 매장하십시오."
"어떻게?"
"부뚜막으로 곽을 삼고 구리로 만든 가마솥으로 관을 삼아
생강과 대추를 살코기에 섞어 넣고 향료를 넣어
쌀로 제사를 지내고,
타오르는 불빛을 배경삼아
사람의 창자 속에 장사 지내십시오."

『사기』

모수가 스스로를 추천하다

진秦나라가 수도인 한단을 포위하자 조나라 효성왕은
급히 동생 평원군平原君을 초나라에 보내어
구원병을 요청하기로 했다.
사안이 중대한 만큼 평원군은
총명한 수행원 20명을 데리고 갈 준비를 했다.
그런데 평원군은 19명은 가려냈으나
나머지 한 사람은 아무리 살펴보아도
적당한 사람을 찾을 수가 없었다.
그때였다.
모수毛遂라는 식객이 일어났다.
"저를 일행에 꼭 넣어주십시오."
모수가 말했다.
평원군은 그가 낯설었다.

"선생은 여기에 오신 지 도대체 몇 년이나 됐소이까?"
평원군이 물었다.
"한 삼 년 되었습니다."
모수가 대답했다.
"삼 년?"
평원군이 머리를 가로저었다.
"……."
"무릇 세상의 재능 있는 선비란
주머니 속의 송곳 끝처럼 금세 드러나는 법이오.
그런데도 그대는 내 문하에 있은 지 삼 년씩이나 되었는데도
나 뿐만 아니라 좌우의 누구도 그대를
칭찬하는 사람을 보지 못했으니
결국 그대에게는 아무 재능이 없다는 뜻이 아니겠소.
그대는 안 되겠소."
"그렇지 않습니다.
진작 저를 당신의 주머니 속에 넣으셨더라면
송곳 끝만 아니라 송곳 자루까지 곡식 이삭을 패듯
솟아났을 것입니다."
모수가 따지고 들었다.
평원군은 생각을 거듭했다.
마땅한 사람도 없었을 뿐만 아니라

모수의 청이 하도 완강했으므로 그냥 데리고 가기로 했다.
함께 가는 19명의 식객들은 모두 모수를 무시했다.
평원군은 합종을 성공시키려고
모수를 뺀 19명을 당상으로 끌고 가
해가 뜰 때 시작하여 한낮이 될 때까지 열전을 벌였으나
결정을 내리지 못했다.
"선생이 당상으로 오르시지요."
19명이 모수에게 말했다.
모수가 왼손에는 칼을 쥐고 오른손에는 칼자루를 잡고
한 걸음에 한 계단씩 빠르게 당상으로 올라갔다.
"합종의 결론은 이로우냐 해로우냐
딱 두 마디로 요약되는 것인데
해가 뜰 때부터 합종을 이야기하여
한낮이 되도록 결론을 내리지 못하는 것은 어찌 된 일입니까?"
모수가 평원군에게 물었다.
"저 손님은 누구요?"
초나라 왕이 평원군에게 물었다.
"제 가신家臣입니다."
평원군이 대답했다.
"어서 내려가라.
내가 그대의 주인과 함께 이야기하고 있는데

그대가 감히 나서다니!"
초나라왕이 모수를 꾸짖었다.
"왕께서 저를 꾸짖는 것은
초나라의 군사들이 많음을 믿기 때문입니다.
그러나 그런 생각은 위험한 착각입니다.
지금 왕께서는 열 걸음 안에
초나라의 군사들을 볼 수는 없습니다.
왕의 목숨은 열 걸음 안에 있는 제 손 안에 들어 있습니다."
모수가 칼을 만지면서 말했다.
"음……."
초나라 왕이 짧은 신음을 뱉어냈다.
"또 제가 들으니 은나라의 탕왕湯王은
사방 70리의 땅만 가지고도 천하의 왕 노릇을 하였고,
문왕文王은 백리의 땅만 가지고도 천하의 제후들을
신하로 복종시켰습니다.
이 모두가 어찌 그 군사가 많았기 때문이었겠습니까?
결코 아닙니다.
그것은 자신의 위세로 그 위력을 발휘했기 때문입니다.
지금 초나라의 땅은
사방 5천리에 삼지창을 든 군사가 백만 명입니다.
왕의 대업을 충분히 성취할 수 있는 바탕입니다.

이러한 초나라의 강대함을 천하에 당해 낼 나라가 없습니다.

진秦나라의 백기白起와 같이 한낱 하찮은 장수가

불과 수 만명을 거느리고 와서 초나라와 싸워

한 번 싸워서 언영(초나라의 서울)을 빼앗고,

두 번 싸워서 이릉夷陵을 불사르고,

세 번 싸워서 선대先代왕의 능묘를 욕보였습니다.

이것은 초나라에게는

백 대가 지나가도 잊을 수 없는 원한이 아닙니까.

그런데 왕께서는 이러한 수치스러움을 깨닫지 못하고 있습니다.

합종은 초나라를 위한 것이지 조나라를 위한 것이 아닙니다.

내용도 모르면서 제 주인이 앞에 있는데

저를 꾸짖는 것은 도대체 어찌 된 일입니까?"

모수가 말을 끝냈다.

"과연 그렇소. 선생의 말씀대로요."

초나라 왕이 말했다.

"합종을 결정하였습니까?"

"결정하였소."

"그러면 닭과 개와 말의 피를 가져오게 하십시오."

모수가 말했다.맹약을 할 때 천자는 소와 말의 피,

제후는 개와 돼지의 피, 대부 이하는 닭 피를 사용했다.

"그리하도록 하겠소."

초나라 왕은 좌우 신하들에게 닭과 개와 말의 피를 가져오게 했다.
초나라의 신하가 닭과 개와 말의 피를
구리 쟁반에 담아가지고 왔다.
"왕께서 마땅히 피를 마셔 합종의 맹약을 결정하십시오."
모수가 구리쟁반을 받쳐들고 무릎을 꿇은 채
그것을 초나라 왕에게 올렸다.
초나라 왕이 피를 마셨다. 그 다음에는 평원군이 마셨다.
그리고 마지막으로 모수가 마셨다.
마침내 합종의 맹약이 당상 위에서 결정되었다.
모수는 왼손으로 구리쟁반의 피를 들고
오른손으로 19명의 일행을 불렀다.
"그대들도 당하에서 이 피를 마십시오.
그대들은 나른 사람에 의해 일을 이룬 사람들이긴 하지만
맹약의 증인들로서는 필요한 의식입니다."
모수가 말했다.
평원군은 무사히 합종을 짓고 조나라로 돌아왔다.
"나는 앞으로 다시는 감히 선비를 감정하지 못하겠소.
내가 지금까지 선비를 감정해 온 숫자가
적어도 일천 명이 넘을 것이오.
그러면서도 잘못 본 적이 없다고 자부해왔소.
그런데 나는 하마터면 모수 선생을 잃을 뻔 했소.

모수 선생이 한번 초나라에 가자 조나라를 구정(하우씨가 아홉
주의 쇠를 모아 만든 큰 솥으로 하나라·은나라·주나라의 보물이다.)
이나 대려(주나라 종묘의 큰종으로 천자의 존위를 상징한다)보다
무겁게 만들었소.
모수 선생의 세치의 혀는 백만의 군사보다도 강하였소.
나는 감히 다시는 인물 감정을 하지 않겠소.”
평원군이 말했다.
평원군은 모수를 상객上客으로 모셨다.

『사기』

똥 먹는 쥐와 곡식을 먹는 쥐는 다르다

이사李斯는 초楚나라의 상채(上蔡:지금의 중국 하남성)
사람이다.
젊어서는 군郡의 하급 벼슬아치로 있었다.
어느 날 이사는 관청의의 뒷간에 갔다가
똥을 뒤지던 쥐들이 인기척에 놀아 도망치는 것을 보았다.
뒷간의 쥐들은 개나 사람의 기척만 나도
혼비백산하여 도망치는 것이었다.
또 어느 날이었다. 이사는 창고에 들어갔다가
곡식을 먹는 쥐들을 보았다.
커다란 창고 안에는 수만 섬의 쌀이 쌓여 있었다.
그런데 그 창고 속의 쥐들은 가득 쌓여 있는 쌀들을 보면서
사람들을 멀거니 보고서도 도무지 도망칠 생각을 하지 않았다.
"아아, 사람의 현명하고 못난 것도 자기가 처한 곳에 따라

달라지는 쥐새끼의 처신처럼 그렇게 되는 구나."
이사는 탄식했다.
이사는 초라한 하급 벼슬아치 자리를 때려치우고
순자荀子를 찾아가 배움을 청하였다.
그 후 이사는 진나라가 천하통일을 이룰 수 있는 계책을
마련하는 등 많은 공을 세워 높은 벼슬자리에 올랐다.

『사기』